le 02.04.22

Pour Lilie,

J'AI DÉCIDÉ

QUE TOUT ÉTAIT POSSIBLE !

Et si, pour réaliser ses rêves, il suffisait de le décider ?
Bienvenue dans l'univers pétillant de Marion où les rêves se réalisent quand on commence à croire en soi et en son super neveu Louis qui déchire.
Bonne lecture,

Audrey Saad

AUDREY SARD

J'AI DÉCIDÉ
QUE TOUT ÉTAIT POSSIBLE !

EDITIONS PRISMA

ISBN : 978-2-8104-3195-3

Épisode 1 – J'ai décidé d'aimer Noël

Noël et moi, on est fâchés depuis longtemps. Dès qu'il débarque avec ses guirlandes dans les rayons, ses catalogues de jouets dans les boîtes aux lettres et ses étoiles lumineuses dans les centres-ville, ça me donne le cafard. Tous les ans, c'est un peu la corvée pour tout le monde : qui sera là au réveillon ? Que va-t-on faire à manger ? Le vingt-quatre au soir ou le vingt-cinq midi ? Qu'est-ce qui vous ferait plaisir cette année ? Faudra prévoir de quoi coucher belle-maman !

Si cela ne tenait qu'à moi, je passerais la soirée emmitouflée sous ma couette à regarder les dix saisons de *Friends* en mode marathon canap'. Mais non, c'est une fête familiale, une tradition, on n'y coupe pas, sinon on nous en veut jusqu'à la galette des Rois, voire la Chandeleur, voire même Pâques.

Je ne suis donc pas très enthousiaste dès que je vois les feuilles commencer à tomber, les jours raccourcir et les décos d'Halloween remplacés par des sapins artificiels.

Mais cette année, je ne laisserai pas Noël me gâcher la fête. Non, parce que, quand je fais le calcul, ce n'est pas normal qu'il me pourrisse soixante et un jours sur trois cent soixante-cinq, soit près de dix-sept pour cent de mon moral annuel. Ce n'est pas rien !

Alors, sans toutefois tomber dans l'euphorie digne d'une gosse de quatre ans, l'idée de tordre le cou au gros barbu et sa hotte remplie de cafard me plaît assez. Parce que la vie est trop courte pour se miner pour quelque chose qui arrivera qu'on le veuille ou non. Autant vivre l'expérience le plus positivement possible. Donc cette fois, je vais tourner les pages des catalogues en cochant ce que la petite fille que j'étais aurait adoré avoir, j'organiserai le concours de la déco scintillante la plus criarde et moche de mon voisinage et je préparerai des bonshommes en pain d'épice pour en offrir au grand gagnant. Qui sait, au passage, je pourrais le convaincre que son père Noël au bout de sa vie, pendu là depuis l'année dernière, mériterait d'être décroché avant la canicule de l'été prochain. Et puis, pour la fête de famille barbante, j'ai prévu un petit bingo spécial des phrases toutes faites qui débarquent toujours pendant le repas : « Doucement avec les toasts au foie gras, y a la dinde après », « juste un petit peu, les bulles, ça me donne mal à la tête », « oh, fallait pas ! », « et le boulot, ça va ? », « non, mais où va la France, où va-t-on ? Droit dans le mur, je vous le dis ! ». Je vais vous animer la soirée moi, vous allez voir ! Et au pire, ils ne trouveront pas ça drôle et ne m'inviteront pas l'année prochaine. Oui, je crois bien que, cette année, je vais kiffer Noël.

Et pourquoi j'en suis là ? Pourquoi j'envoie soudain valser ce qui me pourrit l'existence ? Parce que j'ai décidé de prendre ma vie en main, d'être le maître à bord, de ne plus me laisser influencer par les évènements extérieurs. Fini d'être ballottée entre ce que pourraient penser les autres et les situations subies. Je veux être la scénariste de mon film et en faire un blockbuster, pas un navet !

Non, parce que, mon mec qui me plaque, mon boulot qui lance un plan de sauvegarde de l'emploi et tous les collègues en panique qui se jettent dans les pires bassesses pour sauver leur place, il y a de quoi avoir envie d'en finir à coups d'overdose de Nutella. Mais non. Je tiens bon. Et pourquoi ? Parce que j'ai fait un rêve.

J'ai rêvé que je réalisais mon rêve.

La puissance du truc ! Vous n'imaginez pas. J'étais là, au vernissage de ma première expo en tant qu'illustratrice reconnue. On se bousculait pour me saluer et me féliciter pour mes œuvres, il y avait des petits-fours, j'avais une coupe de champagne ~~dans le nez~~ à la main, un sourire de malade aux lèvres et une robe de tueuse ! Trop belle ! Une Ted Baker sur laquelle je bave depuis des mois, mais que je ne peux me permettre, ni financièrement ni corporellement, si vous voyez ce que je veux dire. Quelle sensation de me voir au sommet, là où j'ai toujours voulu être ! Et quand Shemar Moore, l'esprit criminel de mon petit cœur fleur bleue, a débarqué dans la salle et est venu directement vers moi pour m'enlacer et déposer un baiser dans mon cou, ça a été l'apogée. Bon, j'avoue, ça a aussi été le moment où j'ai compris que je rêvais. Non parce que les illustrations, je suis cap' de les réaliser, mais faire succomber le numéro un de mon classement « ne dormirait pas dans la baignoire », je ne suis pas Wonder Woman non plus.

Et bizarrement, au réveil, je n'ai pas eu le gros coup de blues comme je peux avoir quand je rêve que je gagne au loto (ça vous le fait aussi hein ? arf). Ça m'a plutôt donné un coup de boost. Parce que ce rêve, c'était moi. C'était celle que je veux être. Moi dans la version de ma vie où tout me sourit. Du coup, constat. Du coup, prise de conscience. Du coup, grande interrogation : comment on fait pour que la vie nous sourie ?

Les émotions que j'ai ressenties dans ce rêve m'ont galvanisée. Elles étaient tellement réelles, c'était si intense de se voir là, au top, fière, forte, avec tant de choses merveilleuses à réaliser encore. En ouvrant les yeux, je l'ai enviée cette moi. Je me suis prise à imaginer qu'elle pourrait être la moi du futur qui me faisait un clin d'œil depuis mon inconscient. Oui, mais alors, si c'était la moi du futur, ça voulait dire que c'était possible. Après tout, qu'est-ce qui m'empêchait de devenir elle ? Et là, mon cerveau (ce saboteur) s'est fait un plaisir de me donner des raisons : *ben si déjà tu commençais par te bouger les fesses. Qu'as-tu fait jusqu'ici pour franchir ne serait-ce qu'un quart du chemin pour atteindre ton but ?*

À dire vrai, ça n'a jamais été mon but. C'est un rêve. On en a tous, n'est-ce pas ? Moi, je me rêve illustratrice reconnue, avec un corps de déesse et un mec canon au bras. On a bien le droit d'avoir ses petits plans sur la comète qui ne verront jamais le jour, non ? Car, tout ça tient du fantasme. Soyons sérieux quelques secondes, ce n'est pas demain la veille que Shemar va décider d'apprendre la langue de Molière en venant me coller la sienne dans la bouche. Et je m'y sentirais plus prête si je perdais ma petite bouée qui ne sert à rien puisque je sais nager. Cependant, ce rêve m'a bousculée. Et mine de rien, j'ai commencé à y croire. J'ai dépoussiéré ma tablette graphique (un cadeau de Noël, ah ah) et l'ai branchée sur mon ordinateur. Sur le moment, je me suis sentie bête, mais j'ai eu envie de voir à quel point j'étais rouillée (ou pas), après toutes ces années. J'étais intimidée au départ, comme si j'avais la trouille d'être vue me reconnecter à une passion de gosse, comme quand on a peur d'être surprise à jouer à la Barbie alors qu'on a soi-disant passé l'âge.

Et puis, je me suis lancée. Maladroitement d'abord, puis avec plus de finesse dans le trait. À mesure que je redécouvrais les sensations exquises de création, les murs de doutes, de honte et de ridicule se sont effondrés les uns après les autres. J'étais dans ma bulle, avec moi-même, ma meilleure alliée, et ensemble, on a créé pendant des heures, esquissé des visages, des paysages, des scènes, des personnages en mouvement, des saisons, des regards, des intentions, des gestes. En posant mon stylet, j'étais épuisée, vidée, comme si tout ce que je contenais à l'intérieur depuis des années avait explosé là, sur mon écran, en un mélange de traits, de poésie, de sens et de couleurs. J'étais restée cinq heures assise à mon bureau sans m'en rendre compte. Le monde autour avait disparu, le temps s'était suspendu. Enfin, pas vraiment, le ménage n'était pas fait, le frigo était vide et le linge pas étendu. Mais bon sang, quel pied !

C'est là que j'ai compris. Peu importe que je donne un sens mystique ou non à ce rêve fou, mais force était de constater qu'il m'avait donné un sacré coup de pied aux fesses et m'avait fait renouer avec ma passion, celle que j'avais laissée de côté, presque oubliée, remisée au rang de loisirs auquel je m'adonnerai de nouveau quand j'aurai du temps. Mais on n'a jamais le temps ! Si on ne le décide pas, on ne fait rien, jamais ! Le temps, je l'ai donné à mon canapé, à ma télé, à mon ex, à mon boulot, à mon grignotage intempestif. Résultat, je vis seule, je suis incollable sur la téléréalité, j'ai pris sept kilos et j'ai la trouille de perdre un boulot qui ne me plaît pas au lieu d'essayer d'en trouver un pour lequel je suis faite. Il n'y aurait pas un dénominateur commun à tout ça ? Ça fait mal, ça pique hein, mais, oui, et c'est : MOI.

Donc, j'ai admis que mon cerveau avait raison. Et à la question : qu'as-tu fait jusqu'ici pour franchir ne serait-ce qu'un quart du chemin pour atteindre ton but ? J'ai répondu honnêtement : rien.

Alors, ça va bien de rêvasser, d'espérer que les choses me tombent du ciel. Ce n'est pas comme ça que je rentrerai à nouveau dans un trente-huit, pas comme ça que j'aurai un job intéressant, pas comme ça que je rencontrerai un homme qui n'aura pas envie d'aller voir ailleurs devant mon manque de perspective. Parce que ne pas voir plus loin que la réjouissance de la prochaine soirée pizza du vendredi, ça manque peut-être un brin de charme, il faut se l'avouer. À côté de ça, forcément, une fille qui sait se servir de baguettes et avaler un gros maki sans en mettre partout avec des yeux gourmands, ça donne plus envie... (elle s'appelle Vanessa, *by the way*).

Alors, je me suis dit : « Marion, ça suffit, tu vas kiffer ta vie dès maintenant et en faire un truc de dingue. Réaliser ce rêve de malade, ça paraît un Everest à gravir, mais essayer au moins de l'atteindre, même un petit peu, ce sera déjà ça dont tu pourras être fière. Tu connais bien le proverbe idiot qui dit de viser la lune pour atteindre au pire les étoiles ? Eh bien, tu vas faire swinguer toute une constellation et atteindre Mars ou Venus, peu importe, mais tu vas m'enfiler ton costume d'astronaute et on va préparer la fusée, nom d'une comète ! (Et puis, on ne verra pas nos bourrelets dans la tenue de bonhomme Michelin, raison de plus !) »

Et vous, vous avez fait quoi récemment pour réaliser vos rêves ?

Épisode 2 – J'ai décidé de prendre exemple sur Kimberley

Le constat est sans appel, j'ai perdu un temps fou devant des niaiseries télévisées. Imaginez le nombre de dessins que j'aurais pu faire au lieu de me lobotomiser à coups d'épreuves d'immunités, de confessionnal, de Marseillais, d'anges déchus et j'en passe ? Le truc, c'est qu'on ne peut pas refaire le passé. Alors, à la lueur de mes nouvelles résolutions, j'ai décidé que plutôt que de m'écrier : « *Oh my God !* Mais pourquoi ?! Qu'ai-je donc fait ? Vers quel état errais-je ? Quelle infamie ! » (Cinq ans de théâtre, ça vous épate hein ?) Bref, plutôt que de me lamenter, j'ai préféré me servir de tout ce temps passé en débilités pour en tirer des leçons. Pas de grammaire, je vous rassure…

Figurez-vous que, à bien y regarder, pendant que je végétais devant des gens qui n'étaient visiblement pas les héritiers d'un quelconque prix Nobel, j'avais pourtant sous les yeux l'exemple parfait à suivre. Ne faites pas cette tête, vous allez comprendre…

Prenons le cas de Kimberley.

Kimberley a vingt ans, elle est blonde, jolie, bien faite et est sortie du système scolaire quand ça a commencé à devenir vraiment trop compliqué. Elle a beau avoir un bagage culturel qui passerait à l'aise en cabine, elle a quand même percuté que son joli ~~cul~~ minois lui permettait d'obtenir pas mal de choses. Et son rêve à Kimberley, le truc qui lui fait briller les lentilles de couleur, c'est d'être célèbre. Elle n'a sûrement jamais entendu parler d'Andy Warhol, toutefois, elle n'a aucun doute sur le fait que ce soit possible. Alors la Kim, elle voit passer une annonce à la télé pour participer à la prochaine émission de sa chaîne favorite. Et ça tombe bien, elle, ce qu'elle veut, c'est être la nouvelle Loana. Elle se moque bien de ce que la star de la piscine du *Loft* est devenue entre-temps, ce qu'elle comprend, c'est qu'elle a sans doute l'occasion de réaliser son rêve. Passer à la télé ~~poubelle~~, être vue par des milliers de téléspectateurs ~~moqueurs~~, des producteurs ~~véreux~~, faire la couv' de ses magazines favoris, et peut-être même enregistrer un disque, qui sait ? (Dois-je vous rappeler qui a trusté les charts début 2000 avec l'infâme tube *Lofteurs Up and Down* ? Non hein, on veut tous oublier ça… on est d'accord.) Et donc notre chère Kim, est-ce qu'elle a fait le plancton devant la télé, assise sur son clic-clac Conforama à souffler sur son vernis tout juste appliqué en attendant que ça se passe ? Que nenni ! Elle a postulé, tiens ! Et on l'a appelée pour le casting. On lui a posé plein de questions, sur tout, sur rien, si elle portait des strings, si elle avait déjà embrassé une fille, ce qu'elle voulait faire plus tard, si elle était claustrophobe (elle a répondu oui, pour ne pas avoir l'air bête). Elle s'est fait prendre en photo sous toutes les coutures, a fait sa plus belle moue et récité sa présentation devant la caméra (la même que celle qu'elle avait apprise par cœur pour l'élection ratée de Miss Provence. Trop refaite, avaient-ils prétexté). On lui a dit qu'on la rappellerait, et on l'a rappelée. Et maintenant, on voit Kimberley partout : sur les réseaux sociaux, au zapping, elle est même à l'origine (bien malgré elle) du #Analepasbête. Elle va bientôt créer une ligne de vêtements, un parfum et sortir une biographie.

On peut se moquer, dire ce qu'on veut, n'empêche, cette fille réalise son rêve. Il est peut-être discutable, il est en tout cas (et malheureusement) partagé par un bon nombre de personnes. Et, non seulement Kimberley réalise son rêve, mais elle fait rêver les autres ! Pour tout vous dire, elle me fait même rêver moi aussi. Oui, parce que je peux la toiser avec mon air condescendant de presque trentenaire, lui dire par écran interposé de redescendre sur terre, de reprendre ses études, de trouver un boulot décent, la prévenir qu'après être suivie sur Twitter, c'est par des psys qu'elle va être suivie, *ad vitam* (c'est du latin... laisse tomber Kim). Mais qui suis-je, moi, pour lui expliquer la vie à cette petite ? Je fais quoi de la mienne, d'ailleurs ? Qu'ai-je risqué de ma santé mentale pour vibrer comme une dingue ? J'inspire qui ? Et depuis quand je n'ai pas osé me frotter au reste du monde pour exister et aller chercher ma part de bonheur ?

Imaginez que demain un cataclysme surgisse, que les aliens nous attaquent, ou qu'une pandémie mondiale menace l'humanité. La planète s'éteint, les hommes disparaissent. Et comme dans la légende urbaine, chacun voit sa vie défiler devant ses yeux. D'après vous, laquelle de Kim ou de nous aura le moins de regrets ?

Flippant, hein ?

Alors oui, j'ai décidé que j'allais prendre exemple sur Kimberley. Je vais me remettre très sérieusement au dessin, scruter les concours, les manifestations autour de l'illustration et me frotter aux pointures du genre. Ainsi, je verrai bien ce que je vaux. Ça fout la trouille, mais je la sens cette petite flamme en moi qui brûle d'envie de tenter le coup. Elle me pousse, me réchauffe quand le doute jette un froid et me fait me recroqueviller sur mes bonnes vieilles couches de gras réconfortantes. Donc voilà, entre ne rien faire et être ridicule, j'ai décidé que je préférais le ridicule. Au pire je continuerai mes dessins dans mon coin, au mieux ils prendront vie sous d'autres yeux que les miens et rien que cette idée d'émouvoir, capter, intriguer d'autres personnes sur cette Terre, c'est tout bonnement grisant.

Je veux ça. Je veux essayer. Je veux y arriver. Alors, j'éteins ma télé, j'allume mon ordi et je me mets au boulot !

Ah mince, il y a la nouvelle saison de ma série qui démarre ce soir !

Bon, ben tant pis, je commencerai à vivre mes rêves demain… Une pandémie mondiale n'est pas près d'arriver après tout…

Mouais… enfin, il va peut-être falloir que je règle ce petit souci de procrastination tout de même. Qui a dit que c'était facile de réaliser ses rêves ?

Marion VS Netflix,

Marion VS TikTok,

Marion VS CandyCrush

Marion VS la tablette de chocolat qui me nargue depuis le placard de la cuisine.

À moi seule, j'ai plus de vilains boss à combattre que Mario !

En fin de compte, c'était fastoche pour Kimberley, enfermée dans une villa sans connexion Internet ! Elle a vraiment tout compris celle-là ! Enfin, non, pas de bol, elle était vraiment claustro.

Et vous, quel Youtuber ou Instagrameuse enviez-vous secrètement ?

Faites gaffe hein, la fin du monde est proche, je dis ça, je dis rien…

Épisode 3 – J'ai décidé d'appeler mon corps « Petit Panda »

Ah ! Vous êtes là ! Cool ! Non, mais je vous jure que j'ai essayé de m'y mettre hein ! J'ai éteint ma télé, installé une appli pour éviter de surfer sur le Net pendant ma séance de travail, désinstallé l'appli parce que j'ai réalisé que j'avais besoin d'Internet pour trouver des tutos pour optimiser ma palette graphique. J'y étais presque, et puis… Et puis l'envie de grignoter a été la plus forte. C'est horrible cette petite voix de dealer dans la tête qui n'arrête pas de me dire : « Tu ne veux pas goûter ? T'es sûre ? Juste une petite bouchée de rien du tout, tu verras, ça ne te fera rien, juste du bien, c'est pas fort, sans conséquence… »

La première fois, j'ai répondu poliment « non merci ».

Je me suis consacrée à mes esquisses et voilà que je me suis mise à dessiner des cupcakes, de jolis gâteaux avec des chapeaux appétissants, des billes de couleurs à croquer, comme des M&M's. Alors, je me suis forcée à changer de thème. Peu importe ce que je dessine, on s'est mis d'accord avec moi-même (pour une fois) que je me contentais dans un premier temps de laisser jaillir à l'écran tout ce qui me passe par la tête. Le but est de réapprivoiser le stylet et mon esprit créatif. Ça peut partir dans tous les sens, je sais que je vais finir par trouver LA voie, celle avec laquelle je me sentirai à l'aise, celle où l'envie et le plaisir me guideront, là où commenceront les choses sérieuses.

N'empêche, le dealer est revenu à la charge : « Eh, psst, je t'ai laissé une dose dans le placard de la cuisine, comme ça tu vois tranquillement. Si jamais tu as envie de décompresser un peu, t'offrir un petit shoot de bien-être, après tout, je te vois, là, en train de bosser comme une malade depuis tout à l'heure, t'as bien le droit à une petite pause. Et puis, si ça te plaît, t'as mon numéro, je ne suis jamais loin, je me ferais un plaisir de passer te fournir en douceurs. »

Ce à quoi j'ai répondu civilement : « Non merci petite voix dans ma tête, je t'ai reconnue. Je sais que tu veux être sympa, mais ton cadeau, il est empoisonné, je vais le payer cher sur la balance. Je ne rentre déjà plus dans mon pantalon H&M qui taille pourtant grand, alors on va arrêter les frais. Je suis pleine de bonnes résolutions, donc s'il te plaît, sois gentille, encourage-moi par le silence et laisse-moi travailler tranquille. »

Vous avez vu ça ? J'ai été cool hein ? Pas assez ferme ? Vous parlez de mes fesses ? Ah non, de mon refus ? Oui, eh bien, j'essaie de ne pas trop l'énerver la petite voix, parce que j'ai remarqué que plus je vais à la confrontation, plus elle dégénère et parvient à me faire avaler des tonnes de cochonneries jusqu'à l'écœurement en pures représailles. Tout y passe : les gâteaux apéro gardés pour les invités, les caramels au beurre salé des vacances à Noirmoutier, été 2005, devenus durs comme du ciment, les Mon Chéri dégueu offerts par la tante Hortense au Noël de l'année dernière (on y revient, tiens !)...

J'ai été malade toute la soirée après ça. J'ai eu honte. J'ai culpabilisé, regardé mes bourrelets en sanglotant et me suis détestée. Et puis, je me suis reprise. J'ai dit « plus jamais ! », j'ai dit « demain, je ne mange rien de la journée pour compenser », j'ai dit « au moins, je n'ai plus rien dans les placards maintenant, je ne risque pas de replonger ».

Et le lendemain, je suis allée faire les courses.

Tout ça pour dire que je me bats au quotidien contre moi-même pour ne pas grignoter sans arrêt et retrouver un jour ma taille trente-huit de l'âge d'or où tout allait bien, où j'étais depuis peu en couple et que mon corps faisait l'objet d'un désir manifeste et grandiloquent.

J'ai gardé mon jean fétiche, vestige de la belle époque. Il me faisait des fesses d'enfer. Je me refuse à calculer le nombre d'années qu'il a passé sur mon étagère du haut à attendre que j'aie assez de volonté pour m'y glisser sans un seul râle d'effort surhumain ni aucune contorsion vaine pour fermer le bouton final. Ça m'est égal, j'ai décidé que je rentrerai dedans bientôt. J'ai dit bientôt. Ça va, ça me laisse un peu de marge. De toute façon, si je veux me payer la robe Ted Baker, ce sera la condition Toblerone, heu, *sine qua non*.

Pff, ils en vendaient à la caisse au supermarché. J'avais esquivé le rayon bonbons, sucreries et chocolat, j'étais fière de moi, et puis, arrivée à la caisse, patatras, une petite vieille m'est passée devant et a pris tout son temps pour poser ses articles. Je me suis retrouvée coincée là, à attendre, avec des mini-barres de Toblerone installées devant mon nez, toutes mignonnes, toutes bien alignées, enfin presque, il y en avait une un peu de travers, alors j'ai voulu la remettre bien droite, mais en fait, les chewing-gums d'à côté ne lui laissaient pas assez de place. Alors, mon cœur nougatine a eu pitié, pensez, je l'ai prise avec moi cette petite barre et je l'ai posée délicatement sur le tapis, en première ligne. Là-dessus, la vieille dame a asséné le séparateur tel le couperet d'une guillotine. Ah, pour s'assurer de ne pas payer les courses des coiffées au poteau, ça va plus vite que de sortir les articles du chariot ! Le choc a été si rude que j'ai bien cru que ma petite barre de Toblerone allait se transformer en Twix (hum, des Twix), et vous me croirez ou non (si c'est non, vous manquez cruellement d'imagination), mais les autres petites barres, affolées, se sont jetées de l'étal pour venir voir si leur congénère passée pas loin du drame était bien saine et sauve. Bon, en réalité, il y avait une promo spéciale : deux achetées, la troisième offerte, alors, j'en ai pris... douze.

Ne me regardez pas comme ça ! Je ne les ai pas (encore) mangées ! Oui, parce que je sais que ma virée au supermarché est palpitante, mais si je vous raconte tout ça, c'est pour en revenir à nos moutons, enfin, plutôt à nos pandas.

Tout est parti de notre chère petite vieille qui a décidé de payer ses courses en chèque (« Ne le remplissez pas, madame, c'est la machine qui va le faire. Non, madame, il faut juste le signer, non, pas mettre d'ordre, NON, MADAME, JE DISAIS, IL NE FAUT PAS LE REMPLIR. Bon, tant pis. Vous avez une pièce d'identité, s'il vous plaît ? Oui, je sais que vous venez toutes les semaines, mais c'est la procédure, je n'y peux rien. Oui, je comprends... oui, parlez-en au directeur à l'occasion, pas de problèmes... »). Vous ne pensiez pas que j'allais vous épargner mon attente à la caisse ? C'est pour vous mettre dans le contexte (*hihi*).

Devant cette scène de la vie courante d'une caissière au bord de la crise de nerfs, mes yeux se sont égarés sur les magazines exposés devant moi et sur la une du *Parisien* qui trônait là. Un adorable bébé panda me regardait avec ses grands yeux noirs et sa bouille de peluche. Yuan Zi, la nouvelle mascotte du zoo de Beauval. Tout le monde en parlait. C'est vrai qu'il est chou. Du coup, j'ai eu le temps de lire l'article sur la mignonne boule de poils et le topo sur le rythme de vie du panda, ses habitudes alimentaires, son habitat, tout ça. Le pauvre est le seul ours à ne pas hiberner ! Ça explique les cernes !

Bon, et vous allez me dire : « C'est quoi le rapport avec ta décision du jour, bon sang ! »

Ce à quoi je répondrais : il faut vous calmer, hein, vous ne voulez pas un petit bout de Toblerone ? Car je ne les mangerai pas. Voilà. Vous pouvez les compter, les barres sont toutes là, dans le placard. Mon challenge, c'est qu'elles y restent jusqu'à péremption, ou réunion de crise d'une copine qui viendrait de se faire larguer, c'est selon.

Tout ça, c'est grâce à Yuan Zi. Parce qu'il a beau avoir un nom à coucher sous une grande muraille, il m'a fait prendre conscience d'une chose évidente : un petit panda, on n'a pas envie de lui faire du mal. Un petit panda, on a juste envie de le dorloter et de lui faire des câlins. Un petit panda (je me prends pour la reine de l'anaphore si je veux, ça a bien rendu un type président), ça se nourrit pas en lui faisant ingurgiter un tas de trucs nocifs pour son fragile organisme. Un petit panda, c'est rond, c'est plein de poils et ça mange toute la journée. Un peu comme mon corps, quoi. Je rappelle que je suis célib' et que l'hiver approche, alors je suis poilue si je veux.

Mon corps et moi, on a une relation un peu toxique. Je le boude parce que je ne le trouve pas beau, du coup, il se venge : un kilo de plus par-ci, un bouton purulent sur le visage par-là. Alors, je le déteste encore plus et il me le fait payer tout autant. Cercle vicieux.

Il serait peut-être temps qu'on fasse la paix lui et moi. Surtout en vue de l'aventure grandiose dans laquelle je nous embarque. On avancera bien mieux si on arrête de s'en vouloir.

Mon corps, je le voyais jusqu'ici comme un traître : « Ah ouais, t'as grandi trop vite à l'adolescence ? Et *chtak* ! Des vergetures sur les cuisses, ça t'apprendra ! », « Tu veux partir en vacances en Crète et profiter un max ? Et *bam* ! Prends-toi un cycle détraqué et les règles qui débarquent à l'improviste, *mmuuaaahhhaaahhh*, allez, va demander des protections périodiques en grec, et bonne chance, *gnark gnark gnark* ».

Du coup, je n'avais qu'une envie, l'étouffer avec tout ce qui me passait sous la main. En général : des gâteaux ou des chips.

Et si j'admettais que je n'ai pas été très maligne et qu'il mérite mieux que mon mépris ? Il est là, il fait le boulot, depuis bientôt trente ans. Il m'a toujours soutenue, il me fait souvent marcher, et s'amuse parfois à me faire courir, mais il est également de toutes les danses de la victoire, des orteils contre la table basse, des positions du Kamasutra ratées, transformées en fous rires, de la posture du lotus que je ne tiens pas deux secondes, de mon équilibre précaire en talons hauts. Mon corps, au fond, c'est aussi mon meilleur ami.

Alors, j'ai décidé que j'allais l'appeler Petit Panda. Pour me souvenir à chaque instant qu'il a avant tout besoin de soins, de tendresse, de bienveillance… et aussi, de quatre-vingt-quinze pour cent de végétal (sait-on jamais, ça peut marcher).

Et votre corps à vous, vous l'appelez comment ?

Épisode 4 – J'ai décidé d'aller me faire cuire un œuf

Bon, vous commencez à me connaître, vous savez que je suis pleine ~~d'idées barrées~~ de ressources. Et là, j'ai échafaudé un plan. Si vous avez suivi les épisodes précédents, vous savez que j'ai pour projet de transformer ma vie en rêve éveillé, et ce n'est pas une mince affaire.

En parlant de mince… j'ai trouvé une astuce pour contourner, et ma fâcheuse manie de procrastiner, et ma vilaine habitude de grignoter. Vous êtes prêts à être éclaboussés par mon génie ? Sortez les lunettes de protection, ça va piquer les yeux :

Je prépare à manger !

OK… je vois que ça ne soulève pas un engouement dithyrambique de votre part… Pas grave, la plupart des génies de ce monde sont des incompris, c'est bien connu. Enfin, bon, vous me sapez un peu l'enthousiasme pour vous expliquer ma trouvaille, mais je vais le faire quand même. Ça contribuera à souligner ma détermination (je me sens seule, là).

On va commencer par la genèse de ma malbouffe.

Mon ex m'a larguée, il y a à peu près un an (et deux semaines et cinq jours). Sans être un cordon-bleu hors pair, loin de là, j'avais quand même ~~la corvée~~ le mérite de préparer à manger pour deux. D'où mon impatience d'arriver au vendredi soir car d'une, c'était le week-end, et de deux, on se faisait livrer les pizzas. En d'autres termes, je n'avais pas besoin de cuisiner (et de trouver une idée de repas, et de me rendre compte qu'il manquait les ingrédients dans le frigo, et de devoir répondre avec tact malgré mon exaspération à la question quotidienne : « Qu'est-ce qu'on mange ? »). Vous comprenez maintenant pourquoi le vendredi, c'était *THE day* de ma semaine ? Pathétique ? Oui, si on veut. À vrai dire, j'étais bien, moi, dans mon *pathétivisme* et mon goût pour les néologismes. Je n'avais pas l'impression que ma vie tournait en rond, ni que je passais à côté de mes rêves de gosse. Non, j'avais ma petite routine sympa, un boulot barbant, mais des collègues cool (avant qu'ils ne se prennent tous pour des aventuriers de *Koh-Lanta*), un mec aussi plan-plan que moi qui se réjouissait, lui, de la sortie prochaine d'un *Fifa* ou d'un *Call of Duty*. Vraiment, je pensais qu'on était bien. Je n'ai pas vu le danger arriver, les kilos s'installer, l'habitude nous engluer, et encore moins ma remplaçante débarquer. Il fallait s'en douter. Dis donc, vous avez remarqué ? Ça m'a rendue poète !

Enfin, tout ça pour dire (j'ai pitié de vous, allez, je synthétise) qu'à l'époque, dans cette configuration de couple, mes dîners ne ressemblaient pas à « J'ai faim ! Ouvrons un placard et voyons ce qui peut se manger tranquilou sur le canapé, sans cuisson et sans vaisselle ».

Or, ces derniers mois, pas mal de choses ont déserté ma vie : mon mec, sa console, un certain confort financier, les chaussettes sales sous le lit et l'impression que tout allait bien. Les seuls à ne pas m'avoir abandonnée dans cette épreuve, les seuls à avoir même appelé des copains à la rescousse pour me réchauffer le cœur, les cuisses, le ventre et les fesses, ce sont mes kilos.

Les kilos en trop, c'est un peu comme la famille : ils sont parfois envahissants, on aimerait les voir moins souvent, ils nous foutent régulièrement la honte, mais ils sont toujours là en cas de coups durs. Ah ça, je peux dire qu'ils ne m'ont pas lâchée, les bougres.

J'ai donc décidé de faire d'une pierre deux coups pour stopper le laisser-aller et devenir productive dans le domaine de ma vie qui va bientôt m'apporter joie, bonheur et réussite.

J'avais tout d'abord essayé le végétal, rapport à Petit Panda (pour les mémoires de poisson rouge, vous me copierez cent fois l'épisode 3), mais ça n'a pas vraiment marché, j'ai eu la dalle au bout d'une heure. Du coup, je me suis rencardée sur un genre de compromis nutritionnel. En gros (*ah ah*), je veux pouvoir manger jusqu'à plus faim, sans forcément tomber dans le truc méga calorique. Et il paraît que les protéines, ça cale bien. Admettons. Oui, mais, si je me mets à cuisiner, me suis-je dit, ça va me faire moins de temps pour m'adonner à ma passion qui lutte déjà contre la procrastination. Et c'est là que *jding'* ! Une ampoule s'est allumée là-haut (je fais bien l'ampoule qui s'allume, hein ?). J'ai décidé que j'allierai le temps de cuisson de mon repas à la durée minimum que je m'imposerai devant mon écran ou ma planche à dessin pour travailler !

Et c'est comme ça que j'ai décidé de commencer par me faire cuire un œuf ! (enfin, plusieurs, vu mon appétit d'ogresse). Et non, pas à la coque, rho, vous me prenez vraiment pour la dernière des feignasses ! J'ai mis la barre un peu plus haut. Des œufs durs !

Pour rendre ça plus fun, je leur dessine des grimaces sur la coquille, vu le bain d'eau bouillante qu'ils vont se prendre pendant dix minutes. Quoi, vous ne faites jamais ça ? Mais vous êtes devenus adultes à quel âge ? Six ans ?

C'est ainsi que pendant le temps de cuisson, je m'attelle à la tâche, concentrée, déterminée et sans envie de grignoter puisque mon cerveau a bien compris qu'on mange dès que le minuteur retentit.

Ça marche du tonnerre !

Mine de ~~crayon~~ rien, j'avance ! Je trouve même que c'est trop court ! Donc, objectif atteint ! Enfin, pour ce qui est de mon projet grandiose. Côté alimentation, il faudra quand même que je pense à manger des œufs mayo et non de la mayo aux œufs...

Mais je suis sur la bonne voie ! Et puis vous devriez voir ce que j'ai commencé à dessiner, ça prend forme, je tiens un truc ! Non, je ne vous montre pas ! Il va falloir attendre un peu, de bonnes heures de cuisson encore. Mais ça vaut la peine, promis !

Bon, et vous, vous me promettez de dessiner un beau sourire à votre œuf la prochaine fois que vous lui ferez faire le grand plongeon ?

Épisode 5 – J'ai décidé de parler aux gens

Les gens. Le fléau de notre société. La lie de l'humanité.

Quoi ? C'est vrai !

Vous ne vous êtes jamais retrouvés coincés dans les bouchons un vendredi soir en rentrant du boulot (votre pizza pour cible), parce que certains avaient décidé de partir en week-end et s'agglutinaient sur la même portion de route que vous ? Les gens !

Ça ne vous arrive pas non plus de tenter d'apercevoir votre chanteur adoré en concert, sur la pointe des pieds, dans l'espace réduit entre l'épaule du type de devant et la touffe de cheveux de sa copine, jusqu'à ce que ce même relou d'un mètre quatre-vingt-dix (portant souvent une casquette pour l'occasion, histoire de bien pourrir la vie jusqu'au bout) dégaine son portable au niveau du seul point de mire que vous aviez de la scène ? Les gens !

Et on en parle de ceux qui vous apostrophent en disant : « comment va ? » Parce que « ça » doit être trop fatigant de faire une phrase de trois mots ? Ceux qui vous disent que vous avez une sale mine de bon matin alors que vous vous sentiez à peu près en forme ? Ceux qui font du bruit en mangeant (insupportable !) ? Ceux qui sifflotent dans l'*open space* ? Ceux qui vous toussent à la tronche en période d'épidémie de grippe ? Ceux qui commencent leurs phrases par « moi à ta place... » ou « si tu veux mon avis... » (non, on s'en fiche !), celles qui vous racontent leur accouchement dans les moindres détails à la pause déjeuner et recommencent depuis le début pour ceux qui arrivent en cours de route (fuyez les gars, fuyez !), ceux qui ont mauvaise haleine et vous parlent à cinq centimètres du visage (*prenez un chewing-gum, Émile*), ceux qui se garent sur la dernière place libre juste devant vous, alors que vous tournez depuis trois heures et que vous étiez même chauds pour faire un créneau. Ces cyclistes qui pédalent en troupeau au lieu de se mettre en file indienne ou, mieux, de circuler sur cette foutue piste cyclable financée avec nos impôts, oui, m'sieurs dames ! Et ces joggeurs qui investissent les sous-bois au printemps quand on voudrait se faire un *quicky* tranquille avec chéri à l'abri des regards entre midi et deux (eh oui, je n'ai pas toujours été plan-plan, ça vous en bouche un coin, hein !).

Bref (j'adore dire « bref » alors que je viens de vous mettre une vingtaine de lignes dans la vue, *hihi*), j'aime pas les gens.

Personnellement, ce genre d'individus me pourrit suffisamment l'existence pour que j'évite son contact le plus possible. Alors, c'est vrai, je ne suis pas la fille la plus sociable du monde, mais j'estime que dans la mesure où je fous une paix royale aux gens, ils seraient bien avisés de faire de même pour moi. C'est vrai quoi !

Sauf que dernièrement, j'ai fait une découverte amusante. Et comme je vous ai déjà partagé mes galères et petits problèmes personnels, c'est bien normal que je partage aussi les trucs fun qui se passent dans ma vie.

Figurez-vous que je carbure niveau projet grandiose. Les idées fusent dans tous les sens, souvent dans les moments les moins opportuns d'ailleurs. Mais à la guerre comme à la guerre, je ne m'arrête pas au fait que je sois sous la douche quand l'une d'elles se pointe dans mon esprit. Tant pis, je sors de là, ruisselante, manquant de me fracasser le crâne contre le lavabo au passage avec les pieds mouillés qui glissent sur le carrelage pour aller la noter, les miches à l'air (et me choper un bon rhume par la même occasion). Pareil dans le trafic du matin où j'attends les feux rouges pour gribouiller les pistes qui traversent mes pensées, et forcément, dans ces cas-là, ils passent tous au vert à mon arrivée (des trucs inventés par des gens ça !). Je crée, j'esquisse, je trace et je kiffe. C'est devenu mon fuel quotidien. Je carbure au rêve, c'est génial. Je me lève le matin avec les yeux qui brillent, fière du travail de la veille (jusque tard dans la nuit), et impatiente de m'y remettre. Dans mon sommeil, mes sujets s'incarnent, se parent de lumière, d'obscurité, de couleurs, de mouvements, de perspectives, de dimensions, de sens et d'imagination. C'est magique !

Bien sûr, je ne suis pas guérie de mes tares. Une fois rentrée de ma journée de boulot, je me sens trop fatiguée pour m'y mettre, mon dealer me susurre de me jeter sur le paquet de pistaches et Netflix m'envoie sa newsletter trop alléchante sur les séries à ne pas manquer. Et puis, les œufs, c'est bien gentil, mais j'en arrive à l'écœurement. Du coup, j'ai changé de tactique, je fais des gâteaux avec. Je sélectionne les recettes avec un temps de cuisson minimum de trente à quarante-cinq minutes, comme ça, j'ai du temps pour travailler. Ça a le mérite d'écouler tous les œufs que j'ai au frigo et de passer, tenez-vous bien, pour la nana trop sympa du boulot ! Oui, parce que le but, ce n'est pas que je mange mes pâtisseries. Déjà que l'odeur à la cuisson est une torture... Forcément, avec le manque d'entraînement, le premier soir, je l'ai dévoré, mon gâteau. Erreur de débutante. J'ai ajusté, de ce fait, la technique le jour suivant. Je dîne d'abord, et une fois rassasiée, je prépare mon gâteau et me mets au boulot. Quand il est cuit, pour ne pas être tentée, je l'emballe soigneusement et le porte jusqu'à ma voiture. Comme ça, du balai la tentation, je peux faire confiance à ma flémingite pour ne pas ressortir en pleine nuit et dans le froid, pour m'en couper une part. Et puis, j'ai trouvé une nouvelle méthode sur le Net à tester à la place de la protéine ingurgitée jusqu'à l'overdose : le jeûne intermittent. Il paraît qu'on peut manger ce qu'on veut dans la mesure où on le fait dans un laps de temps limité et qu'on laisse son estomac roupiller tranquille pendant seize heures. En d'autres termes, déjeuner le plus tard possible, dîner tôt et zapper le petit-déj (mais pas le sacro-saint café qui est autorisé, ouf !). On verra si ça marche. Moi, du moment que je sais que je peux me faire une bonne grosse assiette sans culpabiliser, ça me va. Et je ne sais pas vous, mais plus on me dit que je ne devrais pas, plus j'en ai envie, et plus on me dit que je peux y aller, moins j'ai d'intérêt, donc si ça fonctionne sur mon appétit, ça va être terriblement efficace. Affaire à suivre.

Et là, je vous entends : « Et les gens alors ? Elle digresse, elle dit graisse, et elle zappe encore le sujet. »

Eh bien, j'y viens, rho là là, faites gaffe, hein, vous allez finir par leur ressembler... aux gens !

Le miracle s'est donc produit mercredi matin. Armée de mon gâteau intact (victoire !), j'arrive dans l'*open space*, dépose l'offrande sur le bureau vide de ma collègue – partie en burn out depuis six mois – et découpe des petites parts pour que chacun puisse se servir. Là-dessus, Serena (grande brune canon que je croise principalement aux toilettes, pour retoucher son rouge à lèvres ~~criard~~ carmin) m'apostrophe :

– Oh, c'est pour quelle occasion ? C'est ton anniversaire ?

– Non, c'est comme ça, pour faire plaisir.

– Eh bien, c'est drôlement gentil, hum, et puis c'est drôlement bon, merci !

Alors, je pourrais vous dire que Serena fait partie de ces gens agaçants qui bouffent à tous les râteliers et ne semblent pas prendre un gramme. Je pourrais aussi ajouter que tout le monde la soupçonne de se taper le patron pour sauver sa place (d'où l'application régulière du rouge à lèvres, parce que, c'est plutôt lui qui vire, si vous voyez ce que je veux dire). Mais dans la révolution actuelle de ma petite personne, j'ai décidé de ne me focaliser que sur les bons côtés des choses et... des gens. Et Serena, elle a fait l'effort d'apprécier ouvertement mon geste, de me remercier et de contribuer à ce que ce gâteau disparaisse de ma vue, parce que je commençais déjà à avoir la dalle.

Un peu plus tard, c'est Nadine, l'hypocondriaque chronique (un comble quand on bosse pour une assurance santé) qui est venue à mon bureau pour parler recettes avec moi.

– Tu ajoutes un peu de poudre d'amande, tu vas voir, ça change tout !

– Merci, Nadine.

– De rien, j'adorais faire des gâteaux quand mes enfants étaient petits... peut-être que je m'y remettrai lorsque je deviendrai grand-mère...

– Oui, si tu aimes ça, il ne faut pas te priver. Regarde, on est tous des grands enfants ici, la preuve, il ne reste plus que deux parts et il n'est que dix heures trente.

– Tu as raison, Marion, et puis ça change de nos regards en chien de faïence. Ça commence à jouer sur mon système immunitaire. Je le sens, tu sais, toutes ces ondes négatives sont vraiment nocives. C'est une bonne idée que tu as eue là. Je vais ressortir mon livre de recettes, tiens... Il doit avoir pris la poussière depuis le temps. Ça va réveiller mon allergie, mais tant pis !

Elle est repartie comme ça, un petit sourire aux lèvres. Et ça m'a fait plaisir d'en avoir été la source. Forte de ces interactions qui m'ont fait plus de bien que de mal, je me suis tournée vers mon collègue Guillaume. Il prend toujours l'air débordé alors qu'il le brasse plutôt bien, l'air. Il donne l'impression d'être indispensable, et par les temps qui courent, c'est sûrement une bonne stratégie.

– Tu as pu te servir une part ? Il n'en reste plus beaucoup...

– Je n'ai pas eu le temps, je n'ai que des appels galères depuis ce matin, des médecins récalcitrants, il faut encore que j'envoie à Martin la liste des rapatriements en cours...

Avant qu'il ne continue sa litanie, je me suis levée et lui ai rapporté la dernière part qui restait.

Comment dire, il en est resté... sur le cul (et moi ravie que les calories ne finissent pas sur le mien, vous pensez !).

– Oh, merci.

– Pas de quoi.

Je me suis remise au travail, et quelques minutes plus tard, il est venu me taper sur l'épaule (bon, j'ai horreur de ça, mais admettons) :

– Au fait, j'ai des places de cinéma que j'avais prises avec le CE qui arrivent à expiration, je pense que je n'aurai pas le temps d'y aller, donc si ça t'intéresse, je te les donne…

Ça alors !

Et à la pause déj', Chloé, vingt ans, accro à son portable, a trouvé que mon gâteau était au moins aussi bon que celui de sa mère (*ouch !*) et s'est mise à me montrer des vidéos rigolotes de chatons tout mignons.

Alors, voilà. Il y a la journée qui aurait pu se passer comme d'habitude, c'est-à-dire – avec un salut à la cantonade, un vissage en règle sur mon siège à bosser jusqu'à l'heure du déjeuner, une petite pause-café avec dose de ragots sur la charrette à venir, un sandwich avalé en vitesse devant mon écran et gestion de ma paperasse personnelle dont je n'ai pas le courage de m'occuper le soir (flémingite girl, c'est moi), un après-midi comme la matinée, un resalut à la cantonade et retour à la case maison.

Au lieu de ça, j'ai maintenant envie de demander à Serena comment elle fait pour rentrer dans un 36 avec ce qu'elle mange (il faudra peut-être que je tourne ça mieux quand ça sortira de ma bouche, hein), de connaître le rêve secret de Nadine, celui qu'elle n'a pas encore réalisé et qu'elle étouffe avec des couches de maladies imaginaires, de vérifier si Guillaume brasse vraiment de l'air ou si je ne l'ai pas toujours supposé parce que c'est ce que tout le monde dit.

Et là, je ne parle que des collègues de boulot.

J'ai l'impression de redécouvrir un peu le décor dans lequel je vis depuis des années. Il est devenu comme un terrain de jeu, d'exploration, peuplé d'individus qui ont des attentes, des désirs, des envies, des espoirs, des talents, des coups de mou, des forces, des faiblesses, des ras-le-bol, des renoncements, des questions, des réponses, une part d'enfant, des rêves inavoués. Des personnes comme vous et moi, en fait. Des gens.

Et parfois, il suffit d'une phrase, d'un geste pour dévoiler l'humanité qui se cache au cœur des personnes qu'on côtoie sans jamais vraiment les voir.

Et vous, c'est quand la dernière fois que vous avez parlé à des gens, vraiment ?

Épisode 6 – J'ai décidé de semer la joie

Bon, je vous vois venir, vous allez vous dire : « Ça y est, elle est tombée dans la marmite du druide des bisounours, elle va nous coller des paillettes, des licornes, des petits cœurs plein les pages et nous chanter *We Are Family*, ou pire *We Are the World*, tant qu'on y est, alors qu'il y a peu, elle avait les gens en horreur. Elle se foutrait pas un peu de notre pomme ~~d'amour~~, celle-là ? »

Eh bien, je vais vous répondre ceci, bande de rabat-joie : je fais ce que je veux !

Et puis j'ajouterai aussi : arrêtez de spoiler, je n'ai pas encore raconté ma nouvelle lubie du moment !

Nom d'un petit bonhomme ~~en pain d'épice~~ ! On ne peut même plus agir comme on veut dans son propre roman, non, mais je rêve ! ♫ *Dreams are my reality* …♪

Alors, oui, j'ai décidé de lancer une épidémie de sourire. Un truc bien viral, comme la nuée de sauterelles blanches, lâchées dans l'organisme par l'espèce de père Fouras aux commandes du cerveau dans le dessin animé *Il était une fois la vie*. Vous voyez ? Ceux qui guérissaient tout et massacraient la tronche des vilains vermisseaux aux allures de Sarko ? (... et après, on s'étonne que ma génération déraille.)

J'ai décidé d'être un anticorps viral. Hé hé, ça n'existait pas encore ça, hein ? Eh ben, je l'ai inventé ! Copyright Marion !

Et d'où m'est venue cette nouvelle passion de faire sourire les gens, me demanderez-vous ? (et si vous ne me le demandez pas, je vais vous le dire quand même) : d'une dosette de café.

Oui, la vie, ça tient à peu de chose et les petits bonheurs peuvent très bien se convertir en dosette (parce qu'ils font ce qu'ils veulent eux aussi, c'est le bouquin de la liberté ici, attendez de voir les revenants et autres gourous qui vont se pointer dans les pages d'après. C'est dire ! Non, ne partez pas, c'était pour rire...).

Voilà des mois que chaque jour, que le calendrier rend ouvré, je me rends à la cuisine du boulot pour me faire couler un café. Et chaque jour, je me retrouve à vider la dosette usagée laissée par le dernier servi, voire même à remplir le réservoir d'eau qu'on n'a pas jugé bon de remettre à niveau pour le prochain quidam en manque de caféine, et donc par définition, au bout de sa vie. La première fois, j'ai pesté, la deuxième fois aussi, la troisième... bon, OK, ça a mis un petit temps avant que je ne finisse par me rendre à l'évidence et ne prenne l'habitude de faire place nette afin de pouvoir savourer mon café (les gens, quoi !).

Cependant, j'ai toujours mis un point d'honneur à faire pour les autres ce qu'ils ne daignaient pas faire pour moi. Quiconque passe derrière moi a la joie de pouvoir se servir d'une machine pleine et dispo. C'est comme ça. Je n'irais pas jusqu'à me lancer dans les proverbes niais, mais après tout, puisque c'est l'épisode du craquage confetti, alors, allons-y : les petits ruisseaux font de grandes rivières, ne fais pas à autrui ce que tu ne voudrais pas qu'on te fasse, petit à petit, l'oiseau fait son nid (quoi ? ça manquait de pioupious aussi).

J'étais résignée. Jusqu'au jour où ! J'ai failli en faire tomber mon mug petit poney, dis donc ! Quelqu'un avait eu l'infime délicatesse de vider le porte-dosette et de remplir le réservoir à ras bord. Vous ne pouvez pas savoir l'effet que ça m'a fait ! (non, je n'ai pas henni, non, pff). Enfin si, vous savez, ça a été un déclencheur. Oui, parce qu'il faut que je précise que c'est arrivé plusieurs fois depuis ! Bon, pas à tous les coups, hein, le rhum ne s'est pas fait en un jour (on fait ce qu'on veut, rappelez-vous). Mais quel bonheur, quelle joie ! On aurait dit comme un timide message sympathique et silencieux : « Regarde, j'ai pensé à toi. », « Je te respecte. ». Alors, ça m'a convaincue. J'allais changer le monde avec de gentilles attentions. Une nuée de petits riens qui dessineraient de jolis sourires et feraient du bien à tout le monde. Parce qu'en plus, c'est facile et ça ne coûte rien. Et être à l'origine d'un sourire, ça vaut son pesant de Toblerone ! (douze, elles sont toujours douze, vous pouvez les compter et me féliciter).

C'est comme ça que j'ai levé mon nez de mon nombril et décidé de commencer déjà par sourire. Pas bêtement (et de préférence sans rien entre les dents), mais j'ai remarqué que quand je souris, on me sourit souvent en retour, et rien que ça, ça change beaucoup de choses ! Je vois moins le monde comme une terre hostile, et peut-être que moi-même, je n'affiche plus le panneau subliminal « ne me parlez pas ! » (mais attendez mon café d'abord... et videz votre foutue dosette, merci).

Je me suis armée de post-it en forme d'étoiles, de cœurs et de nuages, et j'ai écrit des petits mots encourageants dessus. Maintenant, dans ma ville, quand quelqu'un va payer au parcmètre, la machine lui souhaite une bonne journée et du temps pour la savourer. Celui ou celle qui emprunte un livre à la bibliothèque tourne une page qui lui chuchote d'écrire dès à présent le plus beau chapitre de sa vie. Ma voisine va découvrir dans sa boîte aux lettres qu'elle a le plus joli jardin du quartier de la part d'un admirateur secret. Au final, ça me fait sourire la première : chercher les idées où coller mes petits mots, l'impression grisante de faire un truc interdit en les glissant sans me faire prendre et surtout d'imaginer leur découverte. J'ai l'espoir de changer la journée de quelqu'un, de lui apporter un peu de magie qu'il emportera avec lui et qu'il propagera en racontant ce qu'il lui sera arrivé, ou en ayant tout simplement l'envie de le faire pour quelqu'un d'autre à son tour. Du bonheur.

J'ai aussi décidé de voir chez chaque personne que je croise quelque chose de beau et de le lui dire si c'est possible. Hier, par exemple, en croisant Serena aux toilettes, je lui ai parlé de ses cheveux lisses et brillants que j'envie (je n'ai pas encore osé évoquer sa taille de guêpe, elle va croire que je la drague sinon). Elle était contente et m'a avoué que c'était un boulot de dingue pour les discipliner, sans parler des produits capillaires qui lui coûtent un bras pour les entretenir. Finalement, ça m'a aussi fait plaisir parce que je me rends compte que le canon de la boîte a les mêmes galères que n'importe quelle fille !

Pareil pour Guillaume qui soufflait derrière moi, en se prenant la tête :

– Ça ne va pas ? Tu as besoin d'un coup de main ?

– C'est Excel qui refuse de faire mon tableau croisé dynamique, et je dois rendre les chiffres dans quinze minutes à Gauthier.

(C'est notre boss, je le précise pour vous parce que vous avez la chance de ne pas le connaître).

– Fais voir.

Ça m'a pris deux minutes pour convertir le format de ses données qui refusaient de s'additionner. Pas que je sois une pro en tableur, mais j'avais eu le même problème quelques mois plus tôt et que je m'étais arraché les cheveux avec.

– Oh merci, Marion ! Tu déchires ! Je te revaudrai ça !

Il n'a pas besoin. Il ne me doit rien. Ma récompense, je l'ai eue avec son sourire et son soulagement qui m'ont fait pousser des ailes ~~de fée~~.

Et vous savez quoi ? J'ai encore envie de déchirer, envie de dessiner des sourires sur les visages, des yeux qui brillent, des sursauts d'âme. J'ai envie parce que c'est beau et parce que ça fait du bien.

Et vous, vos post-it, vous allez les choisir de quelle couleur ?

Épisode 7 – J'ai décidé de rendre visite à Mayon

Treize heures – Déjeuner dominical chez mes parents. Ça calme.

Ma sœur est là. Rectification : ma sœur, son mari friqué et son enfant parfait sont là.

Ah non, hein ! Ne m'abandonnez pas ! Il n'y a pas de raison ! Parce que vous pensez peut-être que vous pouvez aller et venir comme ça, vous ? Ben, non, je regrette, vous avez commencé cet épisode, vous le finissez, un point c'est tout. Vous n'allez quand même pas me laisser seule avec ces gens ! Oui, bon, d'accord, c'est ma famille, mais ça se voit que vous ne les connaissez pas. Restez, ça va être fun[1]. Et puis, on a une mission, je vous signale ! J'ai mon vieux matériel de dessin à récupérer. Sinon, je ne vous aurais pas entraînés dans cette galère !

– Ma chérie, tu reprends un peu de poulet ?

– Non merci, Maman.

---

1. Et vous me croyez en plus !

– Tu vas arrêter de nous la gaver comme une oie, Mireille ? Tu vois bien qu'elle n'a pas besoin de ça, bougonne mon père.

Ma mère hausse les épaules et me chuchote qu'elle me mettra ce qui reste dans un Tupperware pour chez moi.

– Au fait, tu as regardé le lien sur la méthode de gainage que je t'ai envoyé sur Messenger cette semaine ? m'interpelle ma frangine.

Et voilà, elle n'a pas attendu le dessert pour me balancer sa condescendance musculaire à la tronche. C'est sûr qu'à côté d'elle, j'ai les miches flasques et le bidon guimauve. Ma sœur, c'est la sportive de la famille. À l'époque du lycée, elle était capitaine de l'équipe de basket. Tous les samedis, on se retrouvait dans les tribunes pour la voir remporter quasiment tous les matchs. Elle a fini par être repérée par la ligue professionnelle. Elle s'est donnée à fond, elle était faite pour ça. Un an plus tard, elle a rencontré Éric, un ~~branleur~~ trader, arrogant et sportif. Ils se sont mariés au bout de deux ans. Et un jour, comme ça, elle nous a annoncé qu'elle arrêtait le basket. On était ~~sur le cul~~ stupéfaits (je surveille mon langage, on est chez mes parents, tout de même). C'était sa passion, son rêve ! Sauf que sa nouvelle passion, c'était devenu le type au teint de carotte (les UV) qui lui servait de mari. Ils comptaient fonder une famille. Avec les entraînements, les matchs, les compétitions, ça allait être trop compliqué. Elle a fait son choix. Ils ont eu leur bout de chou, Arthur, un petit garçon lunaire et attachant, malgré la propagande gonflante que font ses parents à son sujet. À les écouter, ce gosse est un génie, il comprend tout mieux que ses petits camarades, est tellement en avance sur son âge, si intelligent, si merveilleux, si… vous voyez le topo ? Du coup, on a juste envie de le détester ce môme. Mais je l'aime bien parce que je sais qu'il n'y est pour rien. Parfois, il s'écoute parler, mais la faute à qui ? J'essaie seulement de trouver des moments, seule avec lui, à l'écart de ses parents. On a des conversations sympas lui et moi. Il aime bien dessiner, mais ça, c'est notre secret. Manquerait plus qu'il ressemble un peu trop à sa ratée de tante et ils l'enverraient direct chez le psy. Bon, j'arrête le laïus et réponds à la question :

– Non, je n'ai pas eu le temps.

Sandra se met à pouffer.

– Pourquoi ? Tu as visité les refuges pour chats en vue d'en adopter cinq ou six ?

Et les voilà qui se marrent, son mari et elle. Ils adorent me ramener à ma condition de vieille fille. Je ne sais pas pourquoi, c'est leur trip. Alors, je les laisse s'amuser. Personnellement, je préfère être seule que vivre avec un type qui se blanchit tellement les dents qu'elles doivent sûrement être phosphorescentes.

Ma mère tente maladroitement de venir à ma rescousse :

– Laissez-la un peu tranquille. Au lieu de l'asticoter, vous ne pourriez pas lui faire rencontrer un gentil garçon ? Éric, tu dois en connaître, toi ?

Sauve qui peut !

– Heu... non Maman, c'est bon, je n'ai pas besoin qu'on me trouve un mec, merci bien.

Plutôt crever que d'être présentée à un ersatz de mon beauf ! Zut, mais il ne va jamais finir ce repas ? Parfois, j'aimerais me mettre à fumer juste pour avoir une excuse pour sortir de table.

– Ne te braque pas Mayon. Maman s'inquiète, c'est tout, temporise ma sœur.

Ah oui, Mayon, c'est moi. Enfin, c'est le surnom qu'on me donne dans ma famille depuis que je suis petite. La faute à Sandra qui n'arrivait pas à prononcer correctement les R. Tout le monde trouvait ça chou et c'est resté. À l'adolescence, ça a même donné Mayon-Crayon parce que j'étais toujours plongée dans mes dessins. Et maintenant, Arthur m'appelle Tata Mayon, j'aime bien.

J'ai habilement orienté le reste de la discussion ailleurs que sur ma petite personne en posant une question sur leur merveilleuse progéniture (ça marche à tous les coups). « Comment ça va l'école ? » et voilà, c'était parti pour Le roi Arthur, sa vie, son œuvre, jusqu'au dessert, que dis-je ? Jusqu'au café (de quoi avoir envie de se finir au digeo, au moins six verres, et cul sec).

Au moment de la vaisselle, je profite de l'aparté avec ma mère pour lui demander où sont stockés ma pochette de croquis et mon attirail de l'époque.

– J'ai tout laissé dans ta chambre, tu devrais les trouver facilement. Tu vas te remettre au dessin ?

Ses traits se sont éclairés et ça me fait chaud au cœur de lire des encouragements dans son regard, surtout après le repas de la *loose* (*vous êtes le Mayon faible, au revoir*). J'acquiesce timidement sans en dire plus.

Ma maman, c'est ma meilleure supportrice. Quoi que je fasse, quoi que je décide, elle trouve ça bien. Sauf que tout le monde n'est pas forcément de son avis. Si je lui parle de mon projet de dingue, elle va être tellement enthousiaste qu'elle voudra le partager (avec ma sœur, la voisine, la coiffeuse, le garde champêtre, oui, ça existe encore, on est dans un petit village ici) et chacun ira alors de son opinion, trouvant cela irrationnel, ridicule, impensable, que sais-je. Et je n'ai pas envie qu'on piétine mon rêve, qu'on s'essuie les pieds dessus et qu'on le prenne de haut. Mon rêve, c'est mon deuxième petit panda, on n'y touche pas ! Et puis, imaginer les autres saper la foi que ma mère a en ma capacité à réaliser mes projets, ça me mine encore plus. Donc non, je fais comme les gosses qui ne veulent pas montrer leur dessin tant qu'ils ne l'ont pas fini, je prépare mon grand rêve dans mon coin et bientôt, ça éclaboussera à la tête de tout le monde, cons descendants et rats bas joie y compris !

Je monte à l'étage et entre dans ma chambre de « jeune fille », comme dit ma mère. Tout est à l'identique à quelques exceptions près. Un bac de Kapla et un autre de Lego sont posés au pied du lit (pour les séjours d'Arthur chez ses grands-parents), et une pile de romans où des médecins ténébreux enlacent des infirmières en pâmoison a investi la table de nuit (pour les séjours de ma mère quand mon père ronfle trop fort). C'est rare que je m'y rende, mais chaque fois pourtant, je me prends une claque de flash-back en pleine tête. Il y a toujours mes peluches, la rangée de CD-cultes (les Fugees, No Doubt, Britney Spears... quoi ? ça va, j'étais ado, ne me dites pas que vous n'avez pas un CD honteux qui traîne dans vos cartons ! Menteurs !), même la housse de couette est d'époque ! Ma sœur, elle, n'a pas eu le droit à la pièce aux reliques. Quand elle a quitté la maison, mon père a installé un bureau à la place de sa chambre pour surfer sur le ternet comme il dit. Je crois que ses posters de basketteurs sont au grenier maintenant (tant mieux, son Dennis Rodman grandeur nature me faisait une peur bleue quand j'étais gosse).

J'ouvre l'armoire côté penderie et me bats avec la tripotée de manteaux rangée là pour atteindre le fond. À tâtons, je récupère ma pochette vert et noir contenant tous mes dessins. Ça fait des années que je ne l'ai pas ouverte. Jusqu'ici, je n'avais pas ressenti le besoin de me replonger dedans. Et bizarrement, je m'en veux presque. C'est comme si j'avais trahi cette ado pleine de rêves et d'ambition, renié ses espoirs, ignoré ses attentes. Ils sont là maintenant, devant mes yeux, et j'en ai des frissons. J'étale les dessins sur le lit et me rends compte à quel point c'était mon univers, ma bulle, mon échappée loin de ma vie de lycéenne, planquée sous de gros pulls informes, des mèches de cheveux gras qui cachaient mon acné et un regard au sol pour me faire oublier du monde. C'est là, sur le papier Canson, que s'anime celle que je n'osais pas être devant les autres : colorée, fantasque, incisive, corrosive, drôle. Tout ça m'explose au visage comme autant d'appels étouffés depuis trop longtemps dans cette pochette, cachée par des manteaux au fond de l'armoire. Je rassemble les dessins et les range soigneusement. Je pars ensuite en quête de mes fusains, crayons graphites et autres pastels. J'ouvre les tiroirs de mon bureau et les trouve là, avec mes carnets de croquis. Je feuillette, souris, m'émeus et embarque le tout avec moi. Le tiroir bloque au moment de le refermer. Je passe la main pour trouver ce qui gêne et découvre un petit cahier avec une couverture en plastique rose et une étiquette mentionnant mon prénom en lettres enfantines. À l'intérieur, des dessins, des collages, des photos et des mots écrits de la main de la petite fille que j'étais à neuf ans. J'avais complètement oublié ce cahier ! Au fil des pages, j'y trouve les noms de mes amoureux secrets, de mes amies pour la vie (qui en sont toutes sorties depuis), des rages contre ma frangine imagées en dessins très explicites (*gloups*, si elle tombait là-dessus...), ma période danseuse étoile, ma période vétérinaire, et puis la dernière page où est écrit : MARION HERMAN DESSINATRICE, en jolies lettres, et dessous, une jeune femme esquissée, tout sourire, entourée de ses illustrations comme si elle posait pour un magazine.

Je reste scotchée un bon bout de temps sur cette page. À croire que la Mayon d'il y a vingt ans (déjà ! *ouch !*) m'envoyait un message depuis le passé. Je réalise que ce rêve fou, ce grand projet, au fond, je l'ai toujours eu en moi. Il s'est fait tout petit, transparent, comme l'ado que je suis devenue ensuite. Il a hiberné, s'est fait malmener par mon indifférence, jusqu'à ce qu'il décide qu'il en avait assez, qu'il avait le droit au chapitre (au roman même) et qu'il se manifeste à grand renfort d'envie, de détermination et de signe pris en pleine poire en provenance de mon enfance. Mon rêve m'a réveillée.

Je m'imagine alors ce que me dirait Mayon si elle me voyait maintenant :

– C'est comment d'être adulte ?

– C'est chouette, on se couche à l'heure qu'on veut, on mange ce qu'on veut et on n'a plus de devoirs à faire.

– On est heureuse alors ?

– Oui, on peut dire ça...

– On fait quoi dans la vie ?

– On est conseillère commerciale pour une assurance santé.

– Mais, c'est pas ça qu'on voulait faire ! Pourquoi on n'est pas dessinatrice ?!

– Tu sais, Mayon, dans la vie d'adulte, on a des responsabilités, des obligations. Il faut pouvoir payer le loyer, les impôts...

– Mais, et notre rêve alors ? Pourquoi t'as oublié ? Pourquoi tu ressembles aux autres adultes ? On avait dit qu'on ne serait jamais comme eux !

– Tu as raison. Mais crois-moi, j'essaie maintenant...

– C'est vrai ? Tu promets qu'on va être dessinatrice ? Qu'on va avoir une vie passionnante ?

– Oui, Mayon, c'est promis.

Et voilà, je crois bien que je n'ai plus le choix maintenant. Vous avez déjà fait une promesse à un gosse que vous n'avez pas été foutu de tenir ? Vous avez vu son regard ? Comment on se sent minable de ne pas être à la hauteur, de représenter tout ce qu'il déteste du monde des adultes ? Je ne veux pas faire ça à la petite fille passionnée que j'étais.

Alors, j'ai décidé que si d'aventure je recommençais à me trouver des excuses pour ne pas aller jusqu'au bout de mon rêve, je rendrais visite à Mayon pour qu'elle me botte l'inconscient à coups d'espoir d'enfant et de promesse à tenir.

Et vous, l'enfant que vous étiez, il penserait quoi de votre vie d'adulte ?

Épisode 8 – J'ai décidé d'être tout et son contraire

Ça y est, je l'ai fait. Je me suis lancée dans un concours d'illustrations organisé par une maison d'édition jeunesse. J'ai jusqu'à la fin du mois pour produire une œuvre ayant pour thème : « Regard sur le monde ».

Je cherche, je tente des choses, je gomme, je recommence, je peste, je doute, je me reprends, j'ébauche et me bats contre ma petite voix. Vous savez bien, celle qui dit « Laisse tomber, c'est pour les pros ce concours, tu vas te ridiculiser » ou bien « Comment comptes-tu faire la différence, ils vont recevoir des tonnes de dessins, pourquoi veux-tu que le tien sorte du lot ? ».

Dans les moments de fatigue, et après des heures passées sur ma planche à dessin sans résultat probant, j'avoue qu'elle gagne. En même temps, elle n'a pas tort. Je sors de nulle part avec ma simple lubie de devenir illustratrice. Je n'ai pas fait les beaux-arts, ne connais personne du milieu, ça fait à peine un mois que je me suis remise au dessin. Alors pourquoi aurais-je la moindre chance ?

Mais bon, si on va par là, rien ne me prédestinait à gérer les rapatriements de touristes atteints de crises d'appendicite, et pourtant c'est ce que je fais chaque jour. Tout s'apprend. Et pour ce qui est de l'art, il y a encore moins de règles, non ? *Arf*, je ne sais pas. Et si je faisais fausse route ? Et si je me rétame et que tout ce qui en ressort, c'est un échec cuisant, la réalisation que je n'ai aucun talent et le retour cruel à ma réalité banale à mourir d'ennui ?

Oui, bon, je suis fatiguée. Ça va passer. Je vais m'y remettre. Ce qu'il ne faut surtout pas, c'est que j'aille voir sur Pinterest et Instagram la jeune génération d'illustrateurs qui a le vent en poupe. Ce ne serait pas bon pour mon moral. Totalement improductif. Interdiction formelle !

Mince, j'ai cliqué. Je le sais pourtant que j'ai l'esprit de contradiction, bon sang ! Whoua ! Quelle imagination ! Quelle créativité ! Certains ont tellement de style que je reconnais leur griffe parmi la centaine d'images que je visionne, partagée entre admiration et un bon vieux sentiment d'infériorité. Essayons d'être rationnelle deux secondes. Certes, je n'ai peut-être pas encore l'étoffe d'une Satoe Tone[1], mais comparés à ceux d'un gamin de deux ans, mes dessins sont plutôt pas mal...

En fait, ce que je crois, c'est que tout est une question de perspective. Finalement, dans la vie, chaque chose est intrinsèquement neutre, mais d'une personne à une autre, elle est perçue comme bénéfique ou mauvaise, émouvante ou quelconque, irrésistible ou répugnante. Prenez les tripes, par exemple. Personnellement, rien que l'odeur me soulève

---

1. Si vous avez l'occasion de lire le bouleversant *Où est mon étoile ?* et de découvrir ses illustrations magnifiques, foncez !

le cœur, je ne comprends pas comment on peut se régaler d'un plat qui sent les égouts, pourtant, mon père en raffole. Les tripes restent elles-mêmes (un truc bien dégueulasse, mais ça n'engage que moi), elles ne changent pas d'aspect, de goût, d'une personne à l'autre et pourtant elles plaisent ou sont abhorrées.

Bon, OK, je vous ai écœuré avec mes histoires de tripes, je comprends, on va prendre un autre exemple, beaucoup plus exquis et raffiné, tiens, j'ai trouvé ! Votre serviteuse. Alors, moi, telle que vous me voyez, je ne suis pas une mutante, je ne me transforme en rien du tout, pas même quand j'ai mangé après minuit, pas même quand on me fout en boule et que je vois ~~vert~~ rouge, pas même en tournant à toute vitesse sur moi-même dans un bruit de tonnerre sur fond de musique boggie. Bref, au risque de vous étonner, je suis tout ce qu'il y a de plus stable dans l'approche (pourquoi ça ricane dans le fond, je peux savoir ?). Cependant, demandez à mon entourage comment il me voit et ils auront tous une réponse différente : pour ma mère, je serai toujours un bébé, alors que pour ma sœur, je suis déjà une vieille fille. Mon père me voit comme un bibendum, alors que ma collègue, Cynthia, quatre-vingt-quinze kilos, rêverait de faire ma taille de jean. Guillaume me prend pour une pro de la bureautique et Philippe, le mec de l'informatique, pense que je suis une quiche parce qu'un jour, j'ai eu le malheur de l'appeler pour lui dire que mon PC était mort, alors que je n'avais tout simplement pas allumé l'écran. Ma prof de maths de quatrième me voyait en échec scolaire et ma prof d'art plastique me prenait pour une surdouée. Alexis Tissandier me trouvait trop moche pour sortir avec lui (j'en ai chialé !) et Clément Morin me trouvait super trop méga belle (mais j'ai pas voulu sortir avec lui, j'étais love d'Alexis). Ma copine Fanny dit que je suis courageuse de vivre seule, sans même un chat. Ma copine Daphnée, elle, pense que je suis bien bête de payer un loyer plein pot au lieu de faire de la coloc.

Alors voilà. Dans ce monde, il n'y a pas une personne qui nous définirait de la même façon. On peut être fantastique pour certains et carrément nul pour d'autres. Le tout, au fond, c'est d'arriver à se définir, avec ses forces, ses faiblesses et se voir avec bienveillance, non ? Parce que le seul regard juste qui vaille, c'est bien celui qu'on porte sur soi. On se connaît bien, on constate souvent que les gens se trompent sur nous. Mais nous, on sait, avec nos tripes (beurk) et notre instinct. On arrive à voir quand on se goure et quand on se surpasse. On est nos échecs honteux et nos petites victoires. On est la somme de tout ça et on ne pourra jamais empêcher les gens de nous envisager comme ils en ont envie. Parfois, on s'en remet à des yeux extérieurs pour se voir, mais avec tous ces reflets différents, déformants, on peut vite se persuader d'être quelqu'un d'autre.

Et moi, j'aime bien l'idée d'être tout et son contraire dans le regard des gens. J'ai mille facettes (*ça tombe bien, tu ressembles à une boule*, dirait mon père), je peux incarner plein de personnages différents dans leur projection sur grand écran. Le tout, c'est qu'une fois sortie de scène, loin de leurs yeux caméra, je sache qui je suis vraiment.

Je suis Marion, championne du gobage de Flamby, mais nullissime au poker, phobique du sport, mais accro aux séries, faible devant du Toblerone, mais méga forte devant du roquefort, inventive en néologismes, mais en panique devant des calculs mentaux, capable de retenir toutes les dates d'anniversaire, mais pas le 06 du joli serveur griffonné sur une serviette qui a terminé en lambeaux dans la machine à laver (*life is a bitch*). Je suis tout ça à la fois, et plus encore, dans le meilleur comme dans le pire. Je suis tout et son contraire, tout dépend de la façon dont on décide de me voir.

Et pour réaliser mon rêve, j'ai décidé de composer avec tous ces bouts de moi et en sortir quelque chose de grandiose. Alors oui, des illustrateurs chevronnés me verront comme une débutante maladroite à l'ambition démesurée. Est-ce que je pourrai les faire changer d'avis ? Est-ce important ? L'important, c'est plutôt que je croie en moi, que je mette tout mon être dans ce que je vais réaliser. L'important, c'est que quand je me regarde, je ne voie aucun regret.

Et c'est marrant, mais là, j'entends la petite voix battre en retraite dans ma tête.

Alors, on en était où ? Ah oui : « Regard sur le monde »... Finalement, j'en ai des choses à dessiner !

Et vous, vous êtes comment sans les reflets ?

Épisode 9 – J'ai décidé de faire un strip-tease

Vous en avez, vous, des copines à qui il arrive sans arrêt des trucs incroyables ? « Tu ne devineras jamais ce qui m'est encore tombé dessus hier ! » (Ça, c'est la version poissarde), « Non, mais tu ne vas pas le croire, pourtant je te jure, le mec m'a carrément draguée alors que sa copine était à côté ! » (Ça, c'est la version « je me la pète »). Et le pote à qui il n'arrive jamais rien ? « Ah ouais ? Ta copine te dit ça ? Ah non, moi, je sais pas, elle est pas comme ça... » (version : je ne me mouille pas, elle a peut-être mis un micro sur moi avant que je ne sorte), ou bien « Des fois, j'ai l'impression que je vais rester dans ce taf toute ma vie, ça me gonfle, mais en même temps, j'ai la flemme de chercher autre chose » (ça c'est la version : à quoi bon ?).

Tout ça est anodin, ça anime les conversations (« Et là, le type met carrément un genou à terre devant moi dans le métro et me fait sa demande, alors que je ne le connais ni d'Ève ni d'Adam ! »), ça fait marrer, on rentre chez soi en y repensant « ah quand même, il lui arrive de sacrés trucs à Sophie ! » ou bien « il en a de la chance Bruno, sa copine ne lui casse pas les pieds ». Et puis, ça évite d'évoquer les choses qui fâchent. Vous savez, nos failles. Les doutes, les peurs, nos petits problèmes perso qu'on croit être les seuls à gérer puisque personne d'autre n'en parle. Les potes, c'est pour les bons moments ou alors les bonnes grosses tuiles de la vie (ah oui, et aussi pour les déménagements, ils sont toujours là, bien malgré eux). On n'envisage pas de les regarder droit dans les yeux et d'ouvrir la boîte de Pandore des choses qui nous hantent. Les potes ne sont pas nos psys. N'empêche, en grattant le vernis, le joli crépi de façade, on se rend compte qu'on a bien plus en commun qu'on ne le pense.

J'ai reçu mes copines à dîner l'autre soir. On parlait de tout (le nouveau collègue trop canon de Fanny qu'elle coincerait bien à la photocopieuse, mais bon, elle est en couple, c'est mal) et de rien (rien ! pas même un début de préliminaire, depuis un an !). Et puis, je ne sais pas comment c'est venu (avec le vidage de la deuxième bouteille de rosé, sans doute), mais je les ai regardées droit dans les yeux et, comme ça, je leur ai parlé de ma crainte de finir ma vie toute seule parce que mon cœur est foutu. Ce n'était pas plaintif, juste un ressenti que j'ai eu envie de partager sur le moment. Moi, la marrante, la gaffeuse, la « ne nous laissons pas abattre, nom d'un Jedi ! », j'ai baissé le sabre laser et je leur ai avoué la petite pensée qui m'angoisse parfois. Alors bien sûr, les copines se sont empressées de me détromper. Il paraît que les mecs bien, gentils, adorables, ça court les rues, dis donc ! Et même que je tomberai dessus au moment où je m'y attendrai le moins (ben oui, quand on est célibataire, on ne s'attend JAMAIS à tomber sur un mec, c'est bien connu). Et puis, après cette confession un peu piteuse, mais qui m'a fait du bien, c'est Fanny qui a pris la parole en fixant son verre :

– Ça ne va pas fort avec Arnaud en ce moment...

Daphnée et moi, on s'est regardées, abasourdies. Elle nous a alors expliqué que ça faisait des semaines qu'il rentrait tard du travail, qu'il était distant. Quand elle essaie de lui parler, il l'évite ou change de sujet. Elle se demande s'il a une liaison. Elle se remet en cause, se sent moche, grosse. Elle a regardé dans son portable en douce, mais n'a rien trouvé de probant. Elle n'ose plus retourner voir de peur de découvrir que ses craintes ne soient fondées.

– Et toi, Marion, ça s'est passé comment avec Olivier ? Comment tu l'as su ?

Bien sûr, les filles étaient là quand on s'est séparés, elles m'ont soutenue, ont pris mon parti, ont juré vengeance envers le genre masculin tout entier pour me consoler. Mais au fond, je ne leur ai jamais raconté la face cachée, l'intimité de mon couple brisé, les doutes, la confiance aveugle (ou la cécité confiante), le déni, et puis le fait accompli. Même si j'avais décidé de porter mes petites œillères pour me voiler tranquillement la face, elles ne pouvaient rien contre la vérité toute nue, toute simple, énoncée de la bouche de celui que j'aurais souhaité plus lâche pour que mon monde ne s'écroule pas, pas tout de suite. Ça, je ne leur ai pas dit, j'avais honte, je n'étais pas fière. J'ai préféré que mes copines me voient forte ou affaiblie, mais pas pitoyable. Jusqu'à ce soir-là.

Et puis, soudain, une petite voix s'est exprimée :

– J'ai trompé Fred, l'été dernier...

Daphnée a levé prudemment les yeux vers nous. On était là, toutes les trois, sidérées par la tournure que prenait cette soirée.

– C'était juste avant qu'on n'achète l'appartement. Je ne sais pas, j'ai peut-être flippé. Il y avait ce type en Corse qui faisait les excursions en mer à Bonifacio. Il avait les yeux de la couleur de l'eau. Je l'ai recroisé par hasard en ville avant notre départ. Fred était resté à la location faire une sieste avant la route qu'on allait se taper de nuit après la traversée en bateau. Et puis… voilà. J'aime toujours Fred, je suis heureuse avec lui, je ne lui veux pas de mal, mais je n'arrive pas à regretter ce que j'ai fait. Dans les bras de cet homme, je me suis sentie vivante, je ne sais pas comment l'expliquer. Comme si je me brûlais pour vérifier que j'étais en vie. Peut-être que c'était une façon de savoir ce que je voulais vraiment. Et ce n'est pas pour minimiser mon geste ou le rendre plus acceptable, mais cette aventure m'a rapprochée de Fred. Sincèrement. Je me sens mieux avec lui depuis, je suis plus sereine, plus attentive. J'ai l'impression que c'était une étape obligée pour comprendre que je voulais passer le reste de ma vie avec lui, sans regret.

Daphnée, c'est la copine organisée, celle qui fait les choses dans l'ordre, la réfléchie, la posée (le plan des raccourcis quand on va chez *Ikea*, tout ça). Fanny, c'est la charmeuse, la sûre d'elle, l'extravagante, la soignée (les jolies fresques sur les ongles, tout ça). Moi, je suis la brouillonne, la fiable, la joyeuse, la maladroite, la bonne poire aussi (les déménagements, tout ça). D'habitude, on joue chacune nos rôles à merveille, dans nos costumes sur mesure. Et puis, ce soir-là, comme ça, j'ai décidé de me foutre à poil, de montrer l'intérieur pour chercher un regard, une empathie, une compassion, un soutien. Et j'ai eu plus que ça. J'ai eu des fêlures partagées, des masques qui tombent, des visages sans fard, des regards émus et émouvants, des liens bien plus forts qu'auparavant. Moi, j'avais peur en dévoilant mes faiblesses, de perdre la face devant mes amies, au lieu de ça, j'ai gagné un fantasme de bonhomme : on s'est toutes foutues à poil et on s'est enlacées.

STOP ! C'est bon, je ne file pas la métaphore sinon je vais donner des idées à certains...

Ah ! Texto de ma sœur : « T'es chez toi ? »

Je répondrais bien que oui, voyons, je m'occupe de mes chats. Mais bon, j'ai décidé d'être bienveillante, on ne va pas se la jouer puérile (ça me démange, hein, je fais un effort, c'est bien parce que vous êtes là).

Re-texto de ma sœur : « Je peux passer ? »

Bizarre, elle est occupée avec le petit d'habitude à cette heure-ci...

Comme j'ai répondu par l'affirmative à ses deux questions, elle déboule au bout de vingt minutes (j'étais en pleine cuisson de gâteau).

– Ça va ? T'as fait quoi du petit ? dis-je en guise d'accueil.

– Il est avec son père. Ça leur fait du bien de se retrouver un peu entre hommes après tout.

Elle semble agitée. Elle se triture les doigts comme si elle voulait me dire quelque chose, mais n'osait pas. Elle qui, d'habitude, est si sûre d'elle, maîtrisée, c'est flippant.

– Papa et Maman vont bien ?

Non, mais parce que j'imagine le pire maintenant.

– Oui, je suppose, pourquoi tu me demandes ça ? s'agace-t-elle.

Je lui dis ou pas qu'elle ne débarque jamais à l'improviste chez moi, encore moins un soir de semaine alors que le planning est serré avec la huitième merveille du monde qui lui sert de fils ? Bon, OK, je ne lui dis pas, rho. Le four sonne et je sors mon gâteau au chocolat qui embaume aussitôt la cuisine.

– Tu te mets à la pâtisserie, toi maintenant ? Tu ne vas pas le manger entièrement, si ?

Là encore, j'ai bien envie de l'envoyer bouler, la frangine, mais forte de mes récentes découvertes sur le naturisme relationnel, je tente un pas vers ma sœur :

– C'est une technique pour avancer sur mon projet. Et le gâteau est pour mes collègues. Mais, il va falloir que je le mette vite dans la voiture parce qu'il sent vraiment bon celui-là.

Sandra regarde autour d'elle et découvre ma planche à dessin que je n'ai pas pu ranger avant son arrivée, les couleurs sont en train de sécher.

– Alors tu t'y es remise, ça y est ?

Sa voix a changé, si je m'écoutais, je penserais presque qu'elle est impressionnée.

– J'essaie…, dis-je prudemment.

– C'est magnifique, Mayon ! C'est pour les enfants ?

Son enthousiasme me donne la force d'enlever les couches supplémentaires de réserve qui me collent à la peau quand il s'agit de ma sœur.

– Oui, je me lance dans un concours, le thème c'est : « Regard sur le monde ».

– C'est très réussi !

– Ce n'est pas fini…

– Non, mais regarde, cette petite fille tout en couleur au milieu de ces adultes noirs et gris, quelle poésie ! Cet arc-en-ciel qu'elle montre à ce type qu'elle tire par la manche et qui se colore un peu à son contact. C'est... sublime !

– Il faut que j'arrange un peu les contours, je n'ai pas encore...

– Tu es faite pour ça, Marion ! Lance-toi ! Tu as tellement de talent ! Si j'avais le même, je n'hésiterais pas une seconde !

– Merci Sandra, tu en as toi aussi du talent !

– Pour saboter ma vie, oui...

Son regard s'est détourné. Ma sœur ne va pas bien. Et elle est venue me voir, moi...

Je lui prends la main. Depuis combien de temps je n'ai pas eu un geste tendre envers ma sœur ?

– Suis ton rêve, Marion, j'ai renoncé au mien et je m'en mords les doigts maintenant...

Et voilà comment ma sœur se met à poil devant moi. Pourtant, c'est du genre à avoir la parka, la polaire, le pull, le sous-pull et le Damart, avant de voir un bout de sa peau à Mme Je vais bien, ma vie est merveilleuse, tellement mieux que la tienne, tout me réussit. Et en fait, sous toutes ces couches, il y a ma frangine, celle qui m'a appris à faire des nattes, m'a dit dans quel sens tourner ma langue pour embrasser un garçon, s'est accusée pour le paquet de clopes trouvé dans ma chambre, a crevé les pneus du scooter du premier mec qui m'a brisé le cœur.

Et si je ne m'étais pas foutue à poil la première, on ne serait peut-être pas là, assises sur mon canapé, à parler de ses rêves inachevés en mangeant mon gâteau au chocolat à la cuillère, à même le plat.

Et vous, vous avez déjà tenté le strip-tease du cœur ?

Épisode 10 – J'ai décidé d'être une vraie fille

Oui, bon, je suis une fille, hein, sauf qu'à proprement parler, je ne suis pas ce qu'on peut appeler une vraie fille. J'ai essayé pourtant, mais je ne sais pas, c'est comme si certains composants du chromosome X avaient muté chez moi.

Les collants qui filent, le vernis qui s'écaille, le rouge à lèvres sur les dents, les talons sur les pavés, le poil rebelle, l'eye-liner foiré, non, mais ça va, quoi ! Au bout d'un moment, j'avoue, j'ai lâché l'affaire. Les mecs ne s'embêtent pas autant, alors moi aussi j'avais décidé de déambuler tranquille en jean et baskets et maquillage réduit à la simple pose de mascara (quand la brosse ne finissait pas dans mon œil).

On peut donc dire que la partie visible de mon chromosome X n'est pas évidente au premier abord. En revanche, j'ai bien toutes les caractéristiques dites féminines internalisées dans mon système nerveux central : et vas-y que je chiale parfois pour un rien et que je chiale de plus belle, parce que je ne sais pas pourquoi je chiale. Et vas-y que je craque devant une boule de poils toute mignonne en poussant des petits cris aigus. Et vas-y que je me trouve grosse, moche, incomprise, et que j'attends fermement qu'un homme brave tout ça pour voir à quel point je suis merveilleuse alors que je n'en suis moi-même pas convaincue. Une fille quoi. Une ?... Chieuse ?... Ben, viens le dire en face si t'es un mec, mes copines et moi, on va venir te faire saigner de la quéquette une fois par mois, juste pour voir, tu feras moins le malin !

Oups ! Pardon, une fille, c'est pas gore. Une fille, c'est doux, sensible et raisonnable, pas du tout sujette à des crises d'hystérie (Hippocrate aurait mieux fait de saigner de la quéquette aussi au lieu de balancer cette connerie, tiens...). Quoi ? Mais non, je ne suis pas agressive, ma bouillotte sur le ventre et moi, on est très calmes.

Oui, donc je disais que j'ai quand même quasiment tout le package de la vraie fille. Preuve en est ma propension à regarder mes consœurs du coin de l'œil et à décréter qu'elles se laissent aller si elles sont sapées comme des sacs ou qu'elles se la pètent si elles rentrent dans des tenues que je rêve secrètement de porter alors que je n'ose pas le faire.

D'ailleurs, remarquez que je dis « fille » et non « femme ». Pour moi, le mot femme s'apparente à une personne accomplie, féminine, sûre d'elle, séduisante, désirable, mystérieuse, captivante, envoûtante, sensible, forte, généreuse, insaisissable (liste non exhaustive de qualificatifs top glamours). Une sorte de mirage que je n'atteindrai jamais. Moi, je voudrais pouvoir me décrire comme dans la chanson de Julien Clerc, mais, c'est comme si, pour ça, il fallait que je sois Kim Basinger dans la pub Golden Lady. Truc improbable.

Oui, cette pub date des années 1980. Elle m'a marquée. Elle s'est incrustée dans mon cerveau comme la définition de LA femme. Je n'y peux rien.

Et puis, l'autre jour, je me suis retrouvée à faire les boutiques avec ma sœur. Oui, c'est l'épisode des trucs improbables. En ce moment, Sandra a visiblement besoin de changer d'air, du coup, elle m'a embarquée avec elle dans un centre commercial, un samedi après-midi. Le calvaire ! Sauf qu'en fin de compte, ça s'est révélé non seulement sympa, mais instructif (et puis on a fini chez *Häagen-Dazs* pour le goûter, hé hé hé !).

Ma sœur est bien plus féminine que moi. À force de traîner en débardeur et short pour les besoins du basket, elle a très vite adopté un look girly, en dehors du terrain. Elle est grande et musclée, tout lui va, c'est pas juste. C'était donc dans mon éternel rôle de vilain petit canard que je lui tenais son sac pendant les essayages. Dans une boutique, alors que je la suivais en traînant des pieds (j'avais chaud, il y avait des gens partout, et de la pire espèce en plus), ma sœur m'a tendu une fringue en me disant :

– Essaie ça.

Quand j'ai vu que c'était une robe, je l'ai regardée de travers. Je n'étais pas venue pour qu'elle se paie ma tronche, et pis d'abord elle m'avait promis qu'on irait au magasin de loisirs créatifs après si j'étais sage, et même que ça faisait des heures que je ne bronchais pas, alors fallait pas non plus pousser le bouchon un peu trop loin Maurice, nom d'un festival de pubs ringardes !

C'est là qu'elle a dégainé l'idée d'aller me payer une glace après ma boutique fétiche si j'acceptais d'essayer la robe. J'ai objecté les collants qui filent, vous pensez bien ! Elle m'a mis dans les mains une paire de collants opaques. J'ai rétorqué qu'il fallait marcher en talons avec ce genre de tenue, que c'était hors de question. Elle est partie me chercher des bottines plates. Bon, ben, je l'ai essayée sa robe…

Alors, d'accord, j'ai cru que j'allais être ridicule. Honnêtement. Sauf que la bougresse me connaît bien et la robe qu'elle m'avait choisie était taillée de telle sorte que mon bidon disgracieux disparaissait sous le pan de tissu. Ma poitrine était joliment soulignée et j'ai même réussi à trouver mes épaules canons. Alors que mes épaules, d'habitude, je n'y fais jamais attention ! Et vous savez quoi ? C'est confortable une robe ! Bien plus qu'un jean ! (surtout si c'est un fraîchement lavé dans lequel on a sauté comme un kangourou pour réussir à rentrer dedans). Quand on marche, ça fait de belles ondulations de tissu, comme une danse. Celle-ci ne me moulait pas, enfin, pas là où je ne voulais pas. Et c'est vrai que dans le reflet du miroir, j'ai vu une fille pas trop mal. En tout cas, mieux que celle mal fagotée avec son pull détendu à force de tirer dessus pour cacher ses fesses, et son jean qui la fait focaliser sans arrêt sur ses grosses cuisses. Et pour les collants, une fois qu'on a débattu avec son bidon sur l'emplacement dévolu à la ceinture (au-dessus, on ne respire plus, mais on croirait presque que le ventre est plat, en dessous, le gras déborde, mais ça laisse la place pour une petite glace), eh bien, les collants, ça fait de belles jambes ! Elles sont bien moins épaisses qu'avec la couche de denim que je mets dessus pour les oublier (mauvaise stratégie). Quand j'ai ouvert le rideau et lancé un regard intimidé vers ma sœur, elle semblait fière d'elle, ou fière de moi, je ne sais pas trop. Alors, j'ai acheté la robe et deux autres de la même forme pour célébrer mon chromosome X que j'imaginais s'envoler avec béatitude vers les cimes de la féminité (quoi, j'en fais trop ?).

Depuis, je m'entraîne, je découvre les côtés chouettes d'être une fille. Bon, je ne suis pas fichue d'appliquer correctement du vernis (à moins d'être ambidextre, je ne vois pas, il faut qu'on m'explique !), mais j'en ai posé sur mes orteils. Celui-là, il est juste pour moi. J'aime bien admirer le rose flashy à mes pieds pendant la douche, ça me rappelle les vacances. Côté eye-liner, je tiens plus du panda que de la femme fatale, mais ça tombe bien, je m'observe donc avec bienveillance et m'encourage, je finirai par y arriver, tremble Kate Moss !

Et vous savez quoi ? Des hommes se sont retournés sur moi dans la rue ! J'ai bien regardé, j'étais toute seule, c'était bien moi. Incroyable ! J'ai avancé la tête haute tout le reste de la journée après ça.

Alors oui, je ne serai jamais Kim Basinger, mais je suis moi et ce n'est pas si mal après tout. Donc, j'ai décidé d'être une vraie fille. Et une vraie fille, c'est tout simplement celle qu'on a envie d'être et qu'on ne s'autorise souvent pas, par peur du ridicule. Mais la vie est trop courte pour s'empêcher d'être bien dans ses baskets et ses bottines plates (pour les escarpins, je manque d'entraînement, trop casse-gueule comme terme). Et parce qu'il y en a marre de tomber sur *THE* beau gosse chaque fois qu'on est habillée en pouilleuse, j'ai décidé que je ne passerai plus la porte de chez moi sans être sûre de n'avoir aucun regret si, des fois, Shemar Moore croisait mon chemin.

Quoi ? Les miracles, ça arrive tous les jours. La preuve, vous me suivez bien depuis dix épisodes !

Et vous, ça vous est déjà arrivé le coup du canon qui sort de nulle part alors que vous êtes en combo jogging, cheveux gras et déo traître ?

Plus jamais, n'est-ce pas ?

PLUS JAMAIS !

Épisode 11 – J'ai décidé de me mettre aux échecs

Les échecs, ça me connaît ! Enfin, pas le jeu de stratégie qui demande une concentration de dingue et beaucoup de sérieux. Non, je parle de la bonne grosse *loose* quotidienne, celle qui nous rappelle à quel point on peut être une quiche, même quand on pensait s'en tirer pas trop mal. Des exemples ? J'en ai à la pelle (et je ne parle même pas de mes râteaux !) : Le créneau qu'on fait toujours super bien nickel d'habitude, mais pour lequel on s'y reprend à trois fois, tout en sueur et en braquages et contre-braquages, pour finir par aller se garer ailleurs, tout ça parce qu'il y a quelqu'un d'autre dans la voiture. Le témoin gênant de notre médiocrité. (Il s'appelle souvent Sandra le mien, et le vôtre ?) Notre obstination à vouloir absolument manger avec des baguettes parce qu'on est dans un restaurant asiatique et qu'on estime que ceux qui viennent là pour se servir d'une fourchette, c'est vraiment des handicapés de l'ouverture sur le monde. Et puis, quand notre troisième maki tombe par terre, au prix du menu, on finit par demander des couverts.

Non, mais c'est vrai quoi, si on voulait faire comme au Japon, ben, on irait ! Le folklore, ça va bien cinq minutes ! Et pis, ça coûte cher ! (#MauvaiseFoi).

Ah tiens, et les talons ! Non, mais il faut que je vous parle de mon moment épique avec des talons ! Vous allez comprendre mon adoration de la bottine plate après ça. Oui, donc, admettons, vous êtes une jeune et sympathique célibataire, vous avez rencard avec un garçon super mignon, tellement mignon que vous vous demandez ce qu'il vous trouve. Il vous donne rendez-vous au cinéma. Vous, ça fait une éternité qu'on ne vous a pas draguée. Vous vous posez plein de questions, dont la plus capitale de toutes : qu'est-ce que je vais me mettre ?! ! Alors, imaginez que vous vous dites que c'est le moment de se déguiser en fille, enfin, de mettre en avant votre féminité, quoi. Vous faites péter la petite robe et les escarpins. Vous allez même jusqu'à appliquer du rouge à lèvres (jusque sur vos dents, mais ça, vous ne le voyez pas tout de suite). Vous vous félicitez de vous être évertuée à vous changer en canon, car cela vous a évité de penser à la soirée. Sauf que la soirée approche, la soirée est là. Vous trouvez une place non sans mal et pestez que personne n'ait été là pour voir votre formidable créneau réalisé de main de maître en une fois. Triomphante, vous sortez de la voiture, persuadée que cette petite victoire du quotidien est un signe que ce qui va suivre sera tout aussi jouissif (oui... parce que vous n'avez pas joui depuis longtemps, alors un rien vous excite, voyez). Au loin, devant l'entrée du cinéma, vous l'apercevez. Il vous attend, il guette votre arrivée. Votre cœur bat plus vite, vous ~~avez les mains moites~~ hâtez le pas dans sa direction, sauf que... Sauf que pour le rejoindre, vous traversez une rue pavée. Vous n'avez pas l'habitude de marcher avec des talons, alors imaginez sur un truc aussi casse-gueule que des FOUTUS PAVÉS ! Non, mais, on est où là ? En 1680 ? C'est fini le temps des corsets et des perruques à l'anglaise, alors pourquoi on a gardé ces satanés blocs de pierre si ce n'est pour que des donzelles se tordent la cheville à tout-va et finissent chez le kiné ?

Vous avancez, tel Bambi sur la mare gelée, résistant à l'envie de tendre vos bras de chaque côté pour garder un semblant d'équilibre. Vous avez le temps de vous dire que le type là-bas va finir par se demander si vous ne vous êtes pas envoyé un ou deux kirs avant de venir pour vous donner du courage. Vous vous dites même que le temps que vous arriviez jusqu'à lui, il aura trouvé une autre cavalière avec qui partager la séance. Que le film sera fini depuis belle lurette quand vous aurez enfin atteint la terre ferme. Est-ce que ça ne serait pas totalement craquant, une fille qui retire ses escarpins et court en collants jusqu'à son chevalier servant (qui, à part vous mater au loin en se demandant ce que vous foutez, ne sert pas à grand-chose, soit dit en passant) ? Non, il n'y a bien qu'une Carrie Bradshaw pour faire ça avec classe et légèreté dans un New York en carton-pâte aseptisé. Ici, c'est la France, ma petite dame, le pays où la crotte de chien sert de mortier aux pavés (ah, c'est pour ça qu'ils ne les ont pas virés !). Vous arrivez enfin jusqu'à lui, tout en sueur et cheveux frisottants. Vous souffrez le martyre dans vos escarpins quasi neufs et espérez qu'il fera assez sombre dans la salle pour pouvoir les retirer en loucedé pendant le film. Le beau jeune homme vous tend son bras pour passer les derniers mètres et vous entendez à peine ses compliments, tant vous vous accrochez à lui tel un radeau dans la tempête, vos pieds hurlant de douleur dans vos oreilles.

Pendant tout le film, vous vous demandez comment vous allez pouvoir faire le trajet dans le sens inverse sans vous étaler comme un caca et servir de mortier aux pavés. Quand Beau Gosse vous prend doucement la main crispée sur l'accoudoir, la première chose à laquelle vous pensez c'est : « S'il ne me la lâche pas d'ici la fin du film, comment je vais faire pour remettre mes chaussures discrètement ?! » Vous êtes censée profiter d'une soirée idyllique et vous êtes juste pressée de rentrer chez vous, *par pitié, j'avouerai tout ! Tout ! Oui, j'ai mangé les cinq barres de Toblerone qui manquent dans le placard, oui, d'accord, mais, j'avais fait du sport, j'étais en hypoglycémie, à la limite du coma !*

Et puis le générique défile. Vous faites genre, vous êtes passionnée par toutes les personnes ayant joué un rôle dans la production de ce chef-d'œuvre. Oui, le technicien éclairage aussi, tout à fait. Vous gagnez du temps. Un temps précieux avant que les cris d'effroi de vos petits pieds ne plongent la salle dans l'horreur. Vous fermez les yeux, inspirez un grand coup et renfilez vos escarpins en serrant les dents.

Dehors, les pavés sont toujours là, vous les entendez se marrer à votre approche. Mister Grande Classe vous propose de vous raccompagner à votre voiture. Vous ne décrochez pas un mot tout le long du chemin, trop occupée à ne pas gémir de douleur. Arrivés devant titine, vous n'éternisez pas les adieux, lui souhaitez une bonne nuit, avec un bisou sur la joue, comme à l'école primaire, travestissez votre hurlement en bâillement à la « il est vraiment tard, je suis crevée » et filez dans un « on s'appelle » qui le laisse perplexe.

Bien sûr, il ne m'a jamais rappelée. Et j'aurais pu me lamenter, m'en vouloir d'avoir gâché cette soirée, d'avoir loupé une occas' comme celle-là. Si ça se trouve, c'était un merveilleux coup au lit en plus !

Sur le moment, j'ai eu les boules, j'ai même attaqué la sixième barre de Toblerone (c'est l'épisode des échecs, j'avoue tout). Et pourtant, vous savez quoi ? Si c'était à refaire, je crois que je repasserai le film tout pareil ! (Oui bon, je dis surtout ça parce que je sais que ce n'est pas possible.) Car, quand j'ai raconté mes péripéties aux copines, vous n'imaginez pas la crise de fous rires que ça a été. J'ai même renfilé mes escarpins pour leur rejouer la scène. Ensuite, chacune y est allée de son grand moment de solitude personnel et c'était à se rouler par terre. On a même voté pour le pire des trois (Fanny a gagné avec son morceau de PQ qui pendouillait de sa jupe au bureau au sortir des toilettes). Alors oui, si mon rencard s'était passé comme je l'espérais, je leur aurais décrit un truc génial, top guimauve, orné de petits cœurs. Mais franchement, ça aurait été moins fun que *Marion, sous les pavés, la ~~bouse~~ loose.*

Et puis voilà, j'ai essayé d'être jolie, j'avais fait un effort. Il n'y a pas de quoi s'en vouloir après tout. Moi, je dis que les échecs, ça a du bon. Après ça, on est sûrs qu'on fera différemment, on apprend. On se mange des petites leçons de la vie qui piquent, mais qui rendent meilleur.

Alors, j'assume mes échecs. La course à pied avec Sandra ? Échec. J'ai failli faire un malaise, je me suis tordu la cheville, j'ai eu l'impression que tous les mecs qui couraient derrière moi étaient des *serial killers*. Bon, ils ne restaient pas longtemps derrière moi vu l'allure à laquelle j'allais, il y avait donc peu de risques. Voyant que je n'étais bonne à rien dans la discipline, ma frangine m'a traînée au yoga. Et là, révélation ! Petit Panda est tout content de s'ébrouer et mon mental n'a pas l'impression de faire du sport. Si je n'avais pas été un boulet à la course, je n'aurais pas fait cette belle découverte !

Et puis… il y a autre chose aussi… Rha, je n'ose pas trop vous en parler… si ça se trouve ce n'est rien du tout, mais…

Allez, je vous raconte !

Dans la série des échecs, j'avais décidé aux prémices de ma prise de conscience que la vie est courte, qu'il faut vivre ses rêves et ne pas se laisser déprimer par les fêtes. J'avais donc prévu de récompenser la déco la plus ringarde et tape-à-l'œil de mon quartier. Parce que ça y est, on y est, Noël approche, les amis. Et, il faut admettre que quand on se donne autant de mal pour grimper sur le toit, aux arbres et faire exploser la facture d'électricité, ça mérite bien une certaine reconnaissance, même si la personne a malheureusement échoué dans son but de faire dans le sobre, le classe et le féerique (avec des arbres qui crachent des lumières jaunes et vertes, des nains de jardin fluorescents qui montent la garde sur la pelouse, il faut avouer que c'est râpé). J'ai donc mis un point d'honneur à tenir ma résolution. J'ai préparé mon pain d'épice et sonné à la porte de mon voisin.

Sauf que là, à la place du vieux moustachu, c'est un grand blond au teint hâlé et au sourire craquant qui m'a ouvert !

– Heu… excusez-moi, je cherche le monsieur qui a mis les décorations dans le jardin…

– C'est mon père. Il s'est absenté, je peux vous aider ?

– Oui, est-ce qu'avec votre physique de maître-nageur sauveteur vous connaîtriez les gestes de premiers secours ? J'ai du mal à respirer tout à coup !

Non, ce n'est pas vrai, je n'ai pas dit ça, rho :

– Je voulais le féliciter pour, heu... la manière énergique et pleine de peps qu'il a d'animer le quartier à l'occasion des fêtes avec toutes ces couleurs...

– Vous plaisantez ?

Le fiston est parti dans un éclat de rire et sa voix m'a donné des frissons.

– Ben, non, regardez, j'ai même préparé un gâteau pour le remercier.

Cette fois, il s'est arrêté et m'a observée, circonspect.

– Mais, c'est atroce ce qu'il a fait à ce jardin ! Vous ne pouvez pas l'encourager à poursuivre ces horreurs année après année, il faut que ça cesse ! Imaginez les pauvres écureuils effarés ! Il va nous les tuer ! Il n'y a bien que les taupes qui survivent à cette apocalypse visuelle. Non, pitié, dites-moi que vous plaisantez. Vous êtes venue vous foutre de lui plutôt. Si c'est le cas, je vous ouvre la porte et je vous raconte mon enfance douloureuse aux pays des guirlandes multicolores.

Alors là, il faut avouer qu'en plus de me couper le souffle par son physique, il m'a littéralement subjuguée par sa tirade. Et ce fut à mon tour de rire de bon cœur ~~tout chamallow~~. Le jeune homme était beau et avait de l'humour (et pas les goûts contestables de son père visiblement).

– Je ne vous ai jamais croisé, vous n'êtes pas de la région si ? (Dis que si ! dis que si !)

– J'arrive d'Australie (ah). Là-bas, les saisons sont inversées. Il faut peut-être y voir une tentative de plus d'échapper aux périodes de fêtes avec mon père qui se prend pour Jean-Michel Jarre dès que décembre arrive. Il a déjà mis en route sa guirlande sonore ou pas encore ? Non, parce que, n'hésitez pas à vous plaindre à la mairie. C'est un carnage pour les oreilles.

– Promis.

(*Faites que je n'ai pas de rouge à lèvres sur les dents.*)

– Et vous, ça fait longtemps que vous vivez dans le quartier ?

Et voilà comment j'ai fini par boire le thé dans le salon de mon voisin, accueillie par son charmant fiston aux allures de surfeur. On a attaqué le pain d'épice en se racontant nos pires anecdotes de Noël, les plus drôles surtout. Et on a fini par se donner rendez-vous la nuit prochaine, dans le jardin, pour la mission « décrochons le père Noël zombie qui pendouille depuis deux ans à la fenêtre du grenier ». Je sens qu'on va bien se marrer.

Et vous savez quoi ? Il semble qu'il rentre définitivement en France, sa boîte l'a muté ici (un comble), et il habite chez ses parents, le temps de trouver un appartement.

Et même que j'étais en robe !

Et même que je lui ai souri !

Et même que j'ai le cœur qui bat très vite rien que de vous en parler !

C'est qu'il réussirait presque à me faire aimer les fêtes celui-là !

Ah oui, il s'appelle Dorian. En grec, ça veut dire « cadeau ».

Tiens, un mail de la maison d'édition qui annonce les résultats du concours !

(Ça cogne dans la poitrine ! Hiiii !!! J'ai peur !)

Bon, ben… échec.

Allez, ce n'est pas grave. Je ferai mieux la prochaine fois, pas vrai ?

Dites, j'ai bien le droit à la septième barre de Toblerone, là ?

Et voilà qu'on frappe à la porte. Ça ne m'arrange pas, j'avais décidé de passer en mode pilou, mouchoirs et pleurnicheries.

C'est Dorian.

– En fait, je n'ai pas envie d'attendre demain pour te revoir. Tu as quelque chose de prévu, là, maintenant ?

OK, Karma, j'ai compris. On ne peut pas gagner sur tous les tableaux. En tout cas, pas simultanément. Alors je profite de ma petite victoire du jour et transformerai ma partie d'échecs en réussite dès demain. Bon je vous laisse, on va se boire un chocolat chaud en centre-ville, avec des morceaux de guimauve dessus…

Et au fait, vous, vous êtes forts aux échecs ?

Épisode 12 – J'ai décidé de sauter dans les flaques

Vous vous souvenez quand on était gosses et que, chaussés de nos bottes en caoutchouc, on s'en donnait à cœur joie pour faire des mégas éclaboussures sur notre chemin ? Et quand arrivait l'automne et qu'on marchait sur les feuilles mortes pour les faire croustiller sous nos pieds ? Aussi jouissif que d'éclater du papier bulle ! Le cochon pendu qui rendait saoul à force d'avoir la tête en bas. La mousse dans le bain qu'on faisait voler partout en soufflant dessus ! La marelle qu'on dessinait à la craie, nos langues tirées au ciel pour goûter les flocons, les dessins à la buée, les batailles d'oreillers qui faisaient neiger des plumes dans la chambre…

C'était bien, hein ? Pourquoi on ne s'amuse plus comme ça ? Qu'est-ce qui nous est arrivé ? Comment ça, adultes ? Et alors ! Depuis quand adulte doit rimer avec pénible ? Rappelez-vous comme on était pressés de grandir, si ça avait été pour devenir des gens relou, on aurait eu d'autres rêves ! On voulait être grands pour être libres de faire nos bêtises d'enfants sans les yeux réprobateurs de maman ! Sauf qu'à un moment donné, ça a bugué. Et on se retrouve à tirer la tronche tout le temps, à avoir peur du pire, à ne surtout, surtout pas prendre de risques, à s'envelopper de confort parce que la vie est dure et que le monde dehors est hostile. Il n'y a qu'à regarder les infos pour s'en convaincre !

Imaginez-vous deux secondes en train de sauter dans une flaque. Comment vous vous sentez ? Vous pensez à quoi ? Je vais vous dire, moi, ce qui vous traverse l'esprit : « Merde ! J'ai taché mon jean ! Je voulais le mettre demain ! Pff, en plus je viens de faire une machine de foncé, je ne pourrai pas le laver tout de suite. Ah, et pis l'eau est rentrée dans mes bottes, j'ai les pieds mouillés maintenant ! C'est malin ! Je vais choper la crève ! J'aurai le nez tout rouge à force de me moucher et je ressemblerai à Bozo sur la photo de groupe que la boîte veut poster sur l'Intranet pour les fêtes. Et puis d'abord, comment ça se fait qu'il y ait des cratères pareils sur la route en plus ? Avec ce qu'on paie comme impôts, la DDE pourrait goudronner correctement, c'est vrai quoi ! »

Je continue ? Vous avez vu comment on est devenus ? Pénibles ! Exactement !

Grimper à un arbre ? Mon Dieu, mais on va se choper une écharde à faire ça ! On va galérer à l'enlever, ça va s'infecter. Et puis, si on tombe, hein ? On peut dire adieu à notre moelle épinière ! Ça arrive aux meilleurs, regardez Superman ! Chute de cheval, et *bim*, dans un fauteuil roulant ! Non, non, trop dangereux !

Jouer dans les ballots de foin ? Vous voulez ma mort ? Bonjour les allergènes ! Les yeux qui pleurent, le nez qui coule, la gorge qui gratte. Non, merci, j'ai d'autres projets que de finir en lapin albinos. J'ai un rencard bientôt !

Faire des grimaces contre la vitre ? Allons bon, vous imaginez le nombre de microbes collés sur le verre ? Et vous allez mettre votre bouche là-dessus ? Mais vous êtes crades ! Et je ne vous parle même pas des résidus de produit nettoyant, ce n'est pas mieux, avec tous les trucs chimiques qu'il y a dedans, vous allez finir avec une deuxième langue qui va vous pousser entre les dents dans quelques années.

Boire la pluie qui tombe du ciel ? Mais, c'est bourré de métaux lourds ! Sans parler des nuages radioactifs qui survolent notre atmosphère bien qu'on nous assure qu'ils prennent soin d'emprunter une déviation quand ils arrivent près de la France. Vous ne viendrez pas vous plaindre de votre thyroïde après ça !

Pas étonnant que le syndrome de Peter Pan touche de plus en plus de gosses. Comment voulez-vous qu'ils aient envie de grandir avec des exemples pareils ! Je ne blâme personne, je m'inclus dans le lot ! Un flocon de neige dehors et je m'angoisse à l'idée de prendre la voiture. Un crash d'avion annoncé aux infos et je me dis que mon rêve d'aller à New York un jour est définitivement trop dangereux. Circuler place de l'Étoile en pleine heure de pointe ? *No way !* Je m'en fous, le GPS va vite me calculer un autre itinéraire fissa, je suis trop jeune pour mourir, tant pis si ça rajoute vingt minutes et que je loupe le début du concert !

Pendant notre croissance, je ne sais pas pourquoi, mais notre insouciance mute en une sorte de catastrophisme chronique. On n'est plus gouvernés par le fun, mais par la peur. Et moi, je n'aime pas trop être gouvernée, voyez, mais si je devais choisir, eh bien, sans hésitation, je choisirais le fun, pas vous ?

Pourquoi je vous parle de tout ça ? Eh bien, parce que je suis partagée entre la joie et la trouille, figurez-vous ! Il y a deux camps dans ma tête en ce moment. L'équipe jaune et l'équipe violette[1]. Venez voir le conseil de guerre de chaque côté :

L'équipe jaune : C'était TROP bien ! Je n'avais pas fait un truc aussi fun depuis... depuis quand déjà ? Ah oui, quand j'avais lancé le concours de gobage de Flamby à la cantine de la boîte. Dorian est trop drôle ! Il semble aussi barré que moi. On est allés décrocher le père Noël tout dégueu en mode ninja hier soir. Dorian a grimpé à l'arbre pendant que je l'éclairais avec mon portable. À un moment, il a glissé et a failli tomber. Il s'est rattrapé comme il a pu. Une jambe repliée sur une branche, un bras s'accrochant au rebord de la fenêtre et le zombie rouge et blanc, tout dégoulinant qui se balançait à son coude. Il a perdu de sa superbe dans cette position. Je me suis moquée, forcément. Bien sûr, je l'ai aidé à redescendre sans se faire de bobos. Ça m'a fait chaud de lui tenir la main pour le guider jusqu'en bas. Par moins deux degrés dehors, c'était plus efficace que le bon vieux Damart de nos grands-mères, je vous le garantis. On allait partir comme des voleurs jusque chez moi quand il m'a fait signe de le suivre discrètement dans le jardin devant la maison. La lumière du salon était allumée, on risquait à tout moment de se faire prendre, mais c'était terriblement excitant. Il a bougé le premier nain de jardin flippant en me regardant avec un grand sourire éclairé par les guirlandes multicolores. J'ai compris ce qu'il voulait faire et l'ai suivi dans son délire. Ça n'a pas été facile tellement on était pliés en deux à mettre

1. Les couleurs sont sans honte inspirées du joli film *Vice-Versa*.

en scène les bonshommes à l'air réjoui. J'imaginais la tête du père de Dorian en découvrant, le lendemain, ses petits nains goguenards en pleine orgie dans son jardin. J'ai bien failli en faire pipi dans ma culotte.

Une fois à la maison, on s'est affalés sur le canapé en mangeant les Daims qu'il avait fourrés en douce dans ses poches lors de sa visite d'appartement plus tôt dans la journée. Oui, je sais, c'est mal. Mais c'est bon, les Daims ! Quoique ça colle aux dents. J'ai passé la soirée à tenter de décoller les éclats de caramel avec ma langue. Pas très glam. Mais c'est ça qui est étrange. Avec Dorian, tout est simple, sans prise de tête. Il a déboulé dans ma vie comme s'il y était depuis longtemps. On est aussi fêlés l'un que l'autre, on rigole, on est bien. Je n'adopte pas une attitude particulière pour lui plaire, je ne me force pas à être quelqu'un d'autre. Je suis moi et ça a l'air de lui aller très bien. Pourtant, j'ai envie de lui plaire, ah ça oui ! Quand parfois il y a un silence et qu'il me regarde, je me sens brûler de l'intérieur. Je me demande toujours s'il va m'embrasser (attends ! J'ai pas fini de décoller ces satanés grains de caramel !). J'ai envie de l'embrasser aussi, mais... je ne sais pas. J'attends un signe, un moment propice. En fait, ce qui est différent, c'est que je ne me demande pas si ça va arriver, mais quand ça va arriver. Et à la fois, je me laisse porter par les flots. Je prends ce qui vient. Ces instants avec lui, c'est un bonheur incroyable. Un cadeau. J'espère qu'il y en aura beaucoup d'autres, qu'on fera encore plein de dingueries. M'est avis que je n'ai pas à m'en faire pour ça. Fêlés, je vous dis. Et c'est bon de sauter dans les flaques avec lui...

Équipe violette : C'est la CA-TA ! Qu'est-ce qu'on sait de ce type hein ? Il est beau. D'accord. Drôle, aussi. Sympa, plein d'esprit, cultivé, OK, OK, c'est bon, on a compris. Eh bien, je vais vous dire, moi, c'est louche tout ça ! Oui, parfaitement. Vous ne trouvez pas que ce tableau est un peu trop idyllique pour être honnête ? Il n'a pas autre chose à faire de ses soirées de décembre, Don Juan ? Il n'a pas du monde à revoir après toutes ces années passées à l'étranger ? Allons, creusons, il doit bien y avoir une raison pour qu'il passe autant de temps avec nous. Notre quoi ? Charme ? Allons mon petit, on n'est pas là pour plaisanter, si vous n'êtes pas foutu d'avoir une idée pertinente, vous n'avez rien à faire ici, sortez. Ah ! On a une piste, et une sérieuse : le type habite chez ses parents. Il n'a pas encore trouvé d'appartement (mais en cherche-t-il, mis à part les visites façon kleptocacaomane ?). Il a du mal à supporter de se retrouver chez papa-maman comme au bon vieux temps de l'absence d'indépendance. Et paf, voilà la petite voisine qui frappe à la porte, et là, bingo, on joue le numéro de charme et ni une, ni deux, on se trouve un nouveau nid bien douillet où crécher. Ça tient la route, n'est-ce pas ? Donc en fait, Dorian n'en a rien à faire de nous, tout ce qui l'intéresse, c'est notre toit.

Vous en pensez quoi, vous ?

J'ai bien réfléchi et ce que j'en conclus, c'est que quand je pense aux moments passés avec Dorian, ça me fait un bien fou, j'ai le sourire, l'envie de dessiner des soleils à la craie sur le bitume tristoune, de me mettre dans le sens de la bourrasque pour voir si je m'envole, de surprendre mon ombre, de faire la course avec les nuages, de poursuivre mon rêve même si je dois redoubler (d'efforts). Et si tout doit s'arrêter demain, et si la peur avait raison, en attendant, j'aurai sauté à pieds joints sans regret dans ce que la vie m'apporte de fun. Alors, c'est parti, j'enfile mes bottes de pluie.

Et vous, ça fait combien de temps que vous n'avez pas sauté dans les flaques ?

Épisode 13 – J'ai décidé d'être forte en maths

Il faut que je vous avoue un truc. On est plusieurs là-haut. Ne riez pas, je ne parle pas que de moi, je parle de vous aussi ! Oui, oui, toi aussi là-bas ! Vous croyez aux esprits ? Non, parce que ceux qui viennent régulièrement hanter nos pensées sont sacrément balèzes, et prestigieux avec ça. Quoi ? Ne me regardez pas comme ça. Vous n'allez quand même pas me dire que ça ne vous arrive jamais de partir au quart de tour pour des broutilles, d'avoir l'impression que le monde s'écroule quand vous êtes contrarié ? Ou, au contraire, d'être super fier de vous lorsque vous trouvez une solution miracle à une situation vraiment prise de tête, ou quand vous avez la réplique parfaite, les mots piles comme il faut dans un moment où vous auriez pu perdre vos moyens (bon j'avoue, ça arrive rarement ce cas-là). Admettez que vous avez souvent cette impression, vous aussi : la petite voix qui vous dit « laisse tomber tu n'y arriveras jamais ! », « han ! Il ne manquait plus que ça ! Ah ben super ! Cette fois, c'est sûr, la journée est foutue ! », ou celle venue de nulle part qui vous souffle la bonne réponse à ces mots croisés sur lesquels vous butez depuis une heure, celle qui vous remémore de justesse votre code de carte bleue avant que votre cerveau en mode bug ne la bloque pour de bon ? Ah vous voyez que j'ai raison ! Et vous les avez reconnus ? Non ? Vous vous rappelez dans ces vieux cartoons, le petit ange plein de bon sens et le petit démon pousse au vice qui déboulent de chaque côté de la tête des personnages quand ils ont une décision à prendre ? Eh bien dans les nôtres, les deux qui se disputent nos pensées sont Shakespeare et Einstein.

Bien sûr que si ! Et vous allez voir que ça devient très vite un jeu d'observer les autres et découvrir lequel des deux génies, de la relativité ou de la tragédie, a élu domicile dans leur cerveau.

Mais avant ça, le mieux est encore de savoir qui on héberge soi-même. Bon, ils ont un peu tendance à prendre notre tête pour un moulin. Un coup là, un coup aux abonnés absents. Enfin, il y en a toujours un pour assurer la permanence, sauf que ce n'est pas forcément celui dont on aurait besoin sur le moment pour gérer la situation. Déjà, ce n'est pas dur, si vous êtes : un ado, un enfant de deux ans ou encore quelqu'un qui vient de se faire plaquer, c'est sûr, l'anglais a débarqué. Et vas-y que je claque les portes, et vas-y que je me roule par terre, et vas-y que la vie n'est que sang et larmes. C'est du Shakespeare tout récité ! Et c'est un malin, avec sa manie d'en faire des caisses, il squatte toujours beaucoup plus facilement nos pensées qu'un Einstein tout poli, tout discret qui demande juste à faire ses équations dans son coin en observant le monde d'un œil curieux et bienveillant.

Prenons un exemple au hasard. Vous vous levez le matin, ouvrez les volets, la tête dans le… et CRAC, votre dos se coince. Vous avez mal quand vous respirez, quand vous gémissez de douleur, quand vous éternuez. Vous prenez votre douche comme vous le pouvez, vous ressemblez à C-3PO, le métal rutilant en moins. Il faut que ça cesse, il faut qu'on vous soulage, sinon vous ne tiendrez jamais la journée ! (Tiens, tiens, vous avez deviné qui est aux commandes, là déjà.) Vous appelez votre ostéo, une femme en or avec des doigts de fée. Pas de bol, elle n'a pas un seul créneau de dispo aujourd'hui (quelle infamie !), elle vous propose de contacter un confrère qui pourrait vous dépanner. Quand ce dernier décroche au bout de cinq sonneries insoutenables de suspens, vous prenez votre plus pathétique voix suppliante pour exposer votre agonie. Et là, ô joie, ô allégresse, il lui reste une place pour vous recevoir. Vous soufflez de soulagement et regrettez aussitôt, parce que aïe ! C'est là qu'Einstein fait une courte apparition : vous voyez, vous avez trouvé rapidement une solution, la douleur ne sera bientôt plus qu'un mauvais souvenir et vous admettez que quand vous parvenez à penser à autre chose, la souffrance se fait déjà un peu oublier.

Quand la porte du cabinet s'ouvre et que vous découvrez que votre sauveur a dû payer ses études d'ostéopathie en faisant du mannequinat tellement il est canon[1], vous vous dites que la journée a définitivement tourné en votre faveur et vous remerciez secrètement votre petit Einstein ailé. Sauf que ça ne plaît pas du tout à votre pote Shakespeare, ça ! Il faut du péril, du désespoir, un coup du sort. Et soudain, votre sourire s'efface, l'horreur se dessine, le drame se noue :

1. Ça en fait des mecs canons dans ce bouquin, dites donc, ça se voit que j'ai potassé la visualisation positive...

vous n'êtes pas épilée ! Einstein tente en vain une théorie sur l'épaisseur toute relative de vos poils (et la relativité, ça le connaît), mais il se fait aussitôt condamner au silence par l'acte II, scène 2 : vous portez votre culotte Mowgli ! Celle que vous aviez achetée dans un délire avec les copines lors de votre week-end à Londres. Chacune a la sienne : Fanny a Shrek et Daphnée, Scoubidou, bien sûr. Sauf qu'elles ont sûrement l'intelligence de la porter quand elles sont certaines de ne pas finir en sous-vêtements devant le sosie de Zac Efron ! Vous n'osez plus bouger, tant à cause de la douleur que de l'humiliation à venir. Cet apollon est la clé de votre guérison (et votre vaccination à vie contre le laisser-aller pilaire), alors vous le suivez. Vous exposez votre problème : « je faisais mes étirements de yoga comme chaque matin pour être en harmonie avec les éléments, quand j'ai dignement laissé échapper un gémissement de douleur » (Bordel de put*** de sa race, j'ai maaaaal !), l'ostébeau pose quelques questions : « avez-vous subi des interventions chirurgicales ? » (non, ils sont 100 % naturels), « vous êtes soumise au stress dernièrement ? » (penses-tu ! je ne suis pas du tout en train de me faire un sang d'encre parce que j'ai *Le Livre de la jungle* illustré sur ma culotte et ladite jungle qui dépasse sûrement de l'élastique !), puis il vous invite à vous allonger (ah !) sur la table d'auscultation (oh !).

Bon à quel moment vous avez compris que ça m'était vraiment arrivé ? Non, c'est juste pour savoir… vous lisez en moi comme dans un livre, hein, ça devient un peu gênant.

Vous l'aurez donc compris, Shakespeare ne m'a pas lâchée de toute la séance : « Oh mon Dieu, il manipule ma cheville, je suis sûre que je pique ! Oh la honte ! », « Voilà qu'il s'attaque à mes épaules, il va trop sentir que je transpire tellement je suis nerveuse ». « Je suis certaine qu'il va raconter ça à tous ses confrères lors de leurs colloques à la mords-moi l'os ! », « Pire ! Il va appeler mon ostéo pour la remercier de lui avoir envoyé un Chewbacca qui sent le poney ! », « Quel enfer ! », « Je veux rentrer à la maison ! », « Mamaaaannnn ! ».

Une fois le calvaire fini, c'est vrai, je l'avoue, je n'avais presque plus mal au dos. J'avais mal à ma fierté. Je me suis rhabillée aussi rapidement que mon état le permettait, ai rédigé mon chèque sans lui demander l'ordre ni le montant, incapable de m'adresser à lui sans mourir de honte. Il m'a donné quelques conseils pour les jours à venir. J'ai acquiescé en regardant mes pieds et suis partie le plus vite que j'ai pu.

– Attendez !

Ô rage ! Ô désespoir ! (ah mince, c'est Corneille ça), ô karma ennemi (ça, c'est de moi), voilà que l'ostéo me retient, l'air embarrassé (ah ben non, c'est moi aussi ça, normalement !).

– En fait, je voulais vous demander quelque chose, mais c'est un petit peu gênant… (ah oui ? je ne connais pas du tout le sentiment…), je cherche un cadeau original pour ma copine pour Noël et, elle est fan de Disney, vous voyez ? Du coup, je me demandais où vous aviez trouvé votre… heu… enfin,…

La culotte Mowgli, les amis ! Einstein a rappliqué pour faire ses calculs : Voyons… si X est le degré de soulagement, multiplié par l'improbabilité de la situation, plus racine carrée du désespoir du type en galère de cadeau, proportionnel au rayon de 180 °C du vecteur sourire, alors trouvez Y.

C'était bien la peine de s'en faire un monde ! Suffisait de rationaliser un peu. Le mec doit en voir passer des corps imparfaits : des grands, des petits, des fripés, des fermes, des flasques, des musclés, des gros, des maigres. Ce n'est pas pour dire, mais le monsieur avant moi avait dans les soixante-quinze ans. Et puis, il a d'autres chats à fouetter, il a le Noël de son top model de copine à assurer (oui, ça ne peut être qu'une Bar Refaeli d'après mon imagination shakespearienne). En vrai, je lui ai sauvé la mise à ce petit gars ! CQFD.

Et vous savez ce qui m'a inspiré de tout rationaliser avant de me mettre à réciter du Hamlet ? C'est Matt ! Comment ça, Matt qui ? Le seul, l'unique : Matt Damon ! Bon, déjà, dans *Will Hunting*, il m'avait sciée à faire ses équations au tableau (bonjour les milliers d'Einstein dans le ciboulot), mais, alors, dans *Seul sur Mars*, non seulement il est gaulé comme un dieu (allez voir ! le sourire béat, c'est cadeau), mais il est littéralement abandonné sur une planète hostile, sans secours possible avant des centaines de jours, et au lieu de se dire que c'est foutu, que la vie s'arrête ici, que c'est horrible, injuste, atroce, super méga flippant, le type se met à : rationaliser. Il compte ses vivres, estime le temps qu'il lui reste avant que ce ne soit la cata. Des idées fusent dans tous les sens, il met en place des systèmes pour sa survie, certains échouent, d'autres fonctionnent et la fierté qu'il en éprouve lui donne l'énergie de tenter toujours de nouvelles choses. Il ne se décourage pas. Même au bout du bout de lui-même, il cherche encore des moyens. Et il a tellement la niaque qu'il se met aussi en tête de faire pousser des patates martiennes !

Moi, vous m'abandonnez sur Mars, je pleure ma mère, et puis voilà, fin du film. Là, on en prend plein la tronche niveau leçon de vie. Il a de l'humour, de la persévérance et à aucun moment il ne s'avoue vaincu. À chaque instant, il calcule ses chances, avec lucidité, pragmatisme et autodérision. Eh bien, moi, je veux ça. Je veux Einstein dans ma tête quand tout part en cacahuète. Parce que crier à l'injustice et pleurer sur son sort pour la tartine tombée côté beurre sur le carrelage tout propre, ça ne l'a jamais aidée à tomber du bon côté la fois suivante (ou ne pas tomber du tout, d'ailleurs). Mais décréter d'arrêter de s'y prendre comme un manche, ça, ça aide. Donc, oui, dorénavant, j'ai décidé d'être forte en ~~Matt~~ maths.

Bon, allez, j'arrête de papoter, parce que je suis au boulot quand même, ça va se voir que je glande. Ah ! ben, on dirait que je vais encore glander car on nous convoque en réunion dans trente minutes…

…

Vous êtes toujours là ? Désolée, c'était un peu long. Cette fois, ça y est, les licenciements économiques vont tomber. Les concernés seront convoqués dans la semaine avant de recevoir un joli courrier recommandé. Je ne vous raconte pas l'ambiance. Il n'y a pas beaucoup d'Einstein dans le coin, Shakespeare a envahi les esprits.

Tiens, mail de ma direction…

J'ai rendez-vous demain. C'est officiel, je suis dans la charrette. Le compte à rebours est lancé pour mon décollage en direction de la planète Pôle emploi.

Qu'est-ce qu'il ferait Matt à ma place ?

OK. Alors, sachant qu'il reste cinq barres de Toblerone dans le placard de la cuisine, que X est le nombre à ingurgiter pour ne pas sombrer en mode Shakespeare. Trouver X.

Et vous, c'est lequel des deux génies qui squatte le plus souvent votre tête ?

Épisode 14 – J'ai décidé de croire en moi

Vous êtes croyants, vous ?

Moi, des croyances, j'en ai des tas, surtout en ce moment : je crois que je vais galérer pour retrouver du boulot, je crois que ma mère va s'effondrer quand je vais lui dire que je suis virée, je crois que Dorian va me trouver toute de suite moins attirante avec mon statut de chômeuse, je crois que je vais devoir en faire des caisses sur mon CV pour me démarquer, je crois que je vais me viander en entretien tellement je ne sais pas me vendre, je crois que je vais prendre cinq kilos si je reste à la maison toute la journée, je crois que mes fins de mois vont être catastrophiques.

Le truc, c'est qu'à force de croire à tout ce qu'on se dit, ça finit par être des vérités absolues dans nos têtes, le genre d'affirmations qu'on ne remet pas du tout en cause.

Là, je vous ai pris des exemples récents, mais j'ai de bonnes vieilles idées reçues aussi : je fais toujours tout tomber, je ne pourrai jamais mettre autant de poésie dans mes dessins que Satoe Tone, je n'arriverai jamais à me faire connaître, je n'ai pas le charisme de ma sœur, je ne suis pas foutue d'arrêter de grignoter, personne ne voudra plus passer sa vie avec moi.

La vache ! Ça craint ! C'est déprimant même ! Je n'avais jamais fait l'inventaire de tous les trucs qui me polluent la tête sans que je les questionne. Mais là, faire plein phare sur la catégorie « c'est comme ça, je ne peux rien y faire » rangée sagement dans mon cerveau, ça donne juste envie de s'écrier : Appelez-moi tout de suite le responsable de ce chantier ! Il faut qu'on cause !

Non, parce que ce n'est pas étonnant que mon rêve ne soit pas déjà réalisé s'il y a une taupe dans mon système qui marche contre moi. Elle installe tranquille ses mottes de terre de dévalorisation dans mon jardin du doute, creuse des galeries invisibles, peinarde sans que je la voie faire et bonjour le résultat ! Je vais la déterrer et lui secouer les puces, moi, elle va voir ~~flou~~ !

OK, alors, vous allez peut-être trouver que cet épisode part en cacahuète, mais ce n'est pas de ma faute, j'ai ouvert la porte de mon inconscient et on va dire que ce n'est pas super bien rangé là-dedans, je ne vous raconte pas le souk, l'absurde et l'imaginaire délirant qui y résident ! J'ai donc retrouvé la petite taupe (elle est trop chou, une bonne bouille, une vraie peluche, je n'ai pas pu lui faire de mal) qui m'a expliqué qu'elle avait été installée là par le Grand Gourou de ce bazar ambiant, elle ne fait qu'obéir à ses injonctions, car ce que dit le Grand Gourou, nul ne saurait le remettre en question, à moins d'être totalement… inconscient. Pauv'bête, elle est complètement embrigadée dans la secte du n'importe nawak. Et vu qu'il vaut mieux avoir affaire au Grand Gourou qu'à ses disciples, je suis allée le trouver moi, le GG !

Je n'ai pas été déçue du voyage, si j'avais su plus tôt que j'hébergeais ce genre d'énergumène dans les recoins hasardeux de mon cerveau, je l'aurais dégagé fissa ! Sauf que là, le type, il est tellement imposant que ça va être dur de le déloger. Vous voyez Kim Jong Un ? Oui, oui, le petit garçon joufflu sur corps de trentenaire qui règne sur la Corée du Nord à coups de caprices flippants. Eh bien, Gégé lui ressemble grave ! Il est assis là, pépère, grassouillet, avec un sourire idiot par-dessus son triple menton. Le mec gouverne en mode totalitaire mes idées reçues et tout le monde courbe l'échine de peur de le contrarier. Non, mais je rêve !

– Eh dis donc, toi ! Je t'ai jamais invité à faire main basse sur mes neurones que je sache, alors t'es gentil, tu soulèves ton gros postérieur et tu te casses d'ici !

Gégé me regarde de haut et se marre. Ses grandes dents toutes jaunes me filent la nausée.

– Tu ne peux pas me faire sortir puisque c'est toi qui m'as installé là.

Il paraît très sûr de lui en plus. Il m'énerve !

– N'importe quoi !

– J'étais tout petit au début, je ne prenais pas beaucoup de place. Tu ne me remarquais même pas. On a grandi ensemble. À mesure que tu me donnais de l'importance, j'ai pris de l'ampleur, et comme tu m'as laissé avoir tant de pouvoir, j'ai bâti un empire ici. Tu ne peux pas me demander de partir.

Je ne comprends pas, il doit y avoir erreur. Jamais je n'aurais autorisé cette tête à claques à installer ses pénates ici. Il doit voir mon tourment car il continue son monologue d'un ton calme, un brin condescendant :

– Quand, à six ans, tu as fait tomber la boîte à bijoux que Sandra avait fabriquée pour la fête des Mères, que tu as vu la mine triste de ta maman et les commentaires acerbes de ta sœur, c'est là que tu m'as fait apparaître. Ensuite, chaque fois que tu as brisé quelque chose par maladresse, j'ai poussé comme un champignon. J'ai pu aussi compter sur toutes ces fois où tu regardais tes dessins en te disant qu'ils n'étaient pas assez bons, ou que tu engloutissais un paquet de gâteaux en te sentant coupable. *Idem* quand Olivier t'a larguée, c'est d'ailleurs à ce moment-là que j'ai pris du bide. On est liés Marion, tu ne peux pas abandonner ce que tu as porté, bercé, élevé, nourri du moindre doute, du plus petit échec, de tes plus grandes désillusions.

Alors là, je refuse ! Il est doué parce qu'il arrive à me faire douter. Et si c'était vrai ? Et si j'avais créé ce monstre de toutes pièces ? Je lui aurais fait pousser des jambes avec mes incertitudes, des bras avec mes faiblesses, un buste avec les moqueries subies, une tête avec la somme de mes insécurités et ce sourire débile avec ma peur d'échouer.

Il a raison. Je suis le Dr Frankenstein de ce Grand Gourou à la noix. Il inculque ses principes à mes idées et toutes se plient à ses injonctions : « tu ne peux pas faire ça », « tu vas être ridicule », « tu ne sauras jamais faire ça », « il est trop tard pour apprendre ça », « ça n'arrive qu'aux autres », « il faudrait être vraiment chanceux pour… », « tu n'y arriveras jamais », « n'essaie même pas, c'est perdu d'avance », « pourquoi tu serais meilleure qu'une autre ? », « tu te prends pour qui ? », « redescends sur Terre », « arrête de rêver ! »…

PAF ! Le coup est parti tout seul. J'ai mal à la main, mais en voyant les dents jaunes de Gégé tomber une à une, je me dis que lui aussi doit avoir mal.

– Aïïïeeeuu, mais fa va pas la dêde ?!

Voilà que mon gourou intérieur parle comme un vieux qui aurait perdu son dentier. Et déjà qu'il n'était pas très beau, là il est ridiculement moche.

– Du fa me le payer ! menace-t-il, le poing levé.

– Ben viens, je t'attends !

Il m'a chauffée ! Je suis prête à lui péter le peu de dents qui lui restent ! Me dire d'arrêter de rêver ? Et puis quoi encore ? Mon rêve, c'est ce que j'ai de plus précieux au fond de moi, c'est mon deuxième Petit Panda, j'ai dit, on n'y touche pas ! Il me fait vibrer, me donne des ailes, m'aide à me lever tous les matins et me rend fière de moi chaque fois que je fais un pas vers lui. Je ne laisserai personne me l'enlever ! Encore moins un dictateur poupon édenté !

J'ai les poings serrés, le regard déterminé et un sourire de guerrière sur le visage. Prête à en découdre. On s'observe quelques secondes en silence, mais voilà qu'il se met à pleurer.

– Bouh, d'es méchande !

– Mais non bouboule, je te rends service, regarde, grâce à moi, tu ne vas plus pouvoir te nourrir que de purée et de soupe. Tu vas être tout svelte après !

– Du ne de debarraderas bas de moi comme da ! J'ai le pouboir de régner sur des pendées ! Du dois refter dans le confort, je fuis là bour d'embêcher d'aller vers l'incodu. Le confort f'est la vie.

– Non, le confort c'est l'ennui ! L'inconnu, c'est ce qui rend l'existence risquée, mais sensationnelle. D'ailleurs, j'ai assez perdu de temps avec toi, j'ai un jeune homme qui m'attend, qui est bien plus canon que toi et qui n'essaie pas de m'empêcher d'être celle que je suis, lui. Adieu Gégé !

Après ça, je suis allée retrouver Dorian pour qu'on finisse ensemble la corvée des cadeaux de Noël. Bien sûr, les magasins étaient bondés, on n'avait pas la moindre idée de ce qu'on pouvait bien acheter, mais c'était tellement plus fun de faire ça à deux. On a trouvé des trucs complètement ridicules et on s'est retenus de ne pas les prendre. Pour sa tata qui perd un peu la boule : « Ben quoi ? Ça peut toujours servir un allume-feu en forme de rouge à lèvres, non ? » Ou pour mon beauf arrogant : « Oh si, laisse-moi prendre ce miroir à quéquette grossissant, s'il te plaît ! » C'est dingue, parce que cette année, j'ai décidé d'aimer Noël, et avec tous ces fous rires, je dois dire que c'est réussi.

Je ne lui ai pas encore parlé de ce qui se passe à mon boulot. J'aimerais bien partager mes craintes avec lui, qu'il me donne un point de vue extérieur, qu'il fasse le Einstein quand je pars en Shakespeare. Mais je n'ose pas. J'ai peur que son regard change... « Il va de fuir cobbe la besde ! » rigole Gégé dans ma tête. C'est à mon tour de rire en l'entendant parler comme un demeuré. Il a perdu de son pouvoir. Avant de faire trembler mes pensées, faudrait déjà qu'il arrive à aligner trois mots compréhensibles.

– Pourquoi tu ris ? me demande Dorian.

On s'est installés au fond d'un café de la galerie marchande. On s'offre un répit après la cohue. Je pourrais lui dire après tout. Si jamais ça le fait fuir comme le prétend Gégé, c'est qu'il n'en vaut pas la peine, même si je crois que je ne surmonterais pas la déception... rrrahhh ! Et voilà que je m'y remets. Et si j'arrêtais de croire cinq minutes ! Et si je vérifiais chacune de mes thèses fumeuses avant qu'elles ne gangrènent mon esprit ? La seule chose à laquelle je m'autorise à croire désormais, c'est moi ! J'ai décidé que tout le reste fera dorénavant l'objet d'une garde à vue d'au moins quarante-huit heures avant d'être éventuellement relâché dans la ménagerie barrée qu'il y a dans ma tête !

– Dorian, je veux te remercier pour ces moments qu'on passe ensemble. Ça me fait vraiment du bien. Je viens d'apprendre que j'allais être licenciée. J'ai besoin de me changer les idées et tu ne pouvais pas mieux tomber.

Dorian baisse les yeux et gigote sur sa chaise. *Ah*... Il boit une gorgée de son chocolat chaud, regarde autour de lui, comme si je n'étais plus là. *Ouch*... Puis, il se gratte la tête et finit par me regarder :

– Moi aussi, je te remercie, vraiment. Tu sais, je n'ai pas été très honnête avec toi...

Oh, ça y est, bas les masques, j'ai cru qu'il était génial, j'ai cru qu'on vivait quelque chose de spécial, que ça allait grandir, s'épanouir, devenir puissant et merveilleux, j'ai cru que...

– En fait, je n'ai pas été muté par ma boîte. C'est moi qui suis parti. Il fallait que je revienne en France rapidement.

Je le regarde, interdite et attends qu'il poursuive pour comprendre où il veut en venir :

– Ma mère est atteinte d'un cancer du pancréas. Les médecins ne sont pas très optimistes. Je suis rentré pour être auprès d'elle. Et ça me fait du bien de pouvoir m'aérer l'esprit avec toi, de retrouver un peu de légèreté, tu vois ?

Oui, je vois. Sans un mot, je lui prends la main. Nos regards se comprennent. Et puis, après quelques secondes de ce silence bénéfique, je farfouille dans le sac de courses posé à mes pieds et sors l'infâme séparateur d'œuf en forme de bonhomme enrhumé dont le blanc est censé se dissocier du jaune en sortant par les narines.

– Bon, lançons les paris. Tu donnes combien de temps à ma sœur pour me le balancer à la tronche quand elle va le découvrir ?

Un sourire éclaire les traits de Dorian. Ça me fait pousser des ailes. Je serais prête à me prendre tous les cadeaux pourris de la terre à la tête pour lui dessiner ces rayons de lumière sur le visage.

– Je t'adore Marion.

BOUM !

Moi qui croyais que je faisais tout le temps tout tomber, en fait, là, c'est moi qui suis en train de tomber. Follement...

Bon, et vous, c'est quand que vous pétez les dents de votre dictateur du cerveau ?

Épisode 15 – J'ai décidé de jeter mes modes d'emploi

Levez la main ceux qui ont un tiroir rempli de modes d'emploi d'électroménager, d'appareils high-tech ou de meubles en kit. Et vous pouvez me dire pourquoi on les garde si on ne s'en sert pas ? Oui, c'est vrai, pour le fameux réflexe du « on ne sait jamais ».

Pourtant, vous avez remarqué que les seules notices qu'on utilise tout le temps, ce sont celles qu'on a sur les gens qui nous entourent ? Elles sont même toutes cornées, froissées par nos vaines tentatives pour les ranger dans leur boîte. D'ailleurs, vous y arrivez, vous, à remettre ces satanés trucs pliés en douze dans leur emballage ? (Si c'est le cas, je ne vous cause plus. Les gens parfaits, ça m'énerve autant que des notices de médicament à replier par quarante de fièvre.) Comment ça vous n'avez pas de notices sur les gens ? Bien sûr que si ! Tout le monde en a. Et donc, rassurez-vous, les gens en ont aussi sur vous.

Vous voulez un dessin ? (Oui !!!) Tenez, on va prendre pour décor le traditionnel repas de Noël en famille. Ça tombe bien, je suis en plein dedans. Et puis, vu que je ne peux pas me distraire faute de connexion 4G dans mon village d'enfance paumé, vous allez me tenir compagnie, vous serez mes pièces rapportées à moi, tralalère (et vous êtes bien plus sympathiques que mon beauf).

Alors, en bout de table, vous avez mon père. Le mode d'emploi que j'ai à son sujet décrit toutes les fonctionnalités qu'il est censé avoir pour que moi, sa fille, puisse toujours le voir comme un patriarche rassurant et protecteur. Oui, la notice stipule clairement : « mon père, ce héros ». C'est bien pour ça que je le fais rappliquer dès qu'un truc dysfonctionne dans mon appart'. Mon papa, c'est MacGyver – le côté bourru en plus – avec calme et précision, il répare tout. Il a même essayé de rafistoler le cœur brisé de sa fifille à base de phrases toutes faites (« t'en verras d'autres, va ») et d'encouragements maladroits (« tu devrais te mettre au régime »), mais étrangement, la colle n'a pas pris. Je ne lui en veux pas, mon manuel dit héros, pas super-héros, non plus.

À sa gauche, sa sœur, ma tante Hortense. Elle, c'est simple, mon cahier des charges à son sujet explique qu'elle doit forcément nous annoncer une catastrophe pour l'année prochaine sinon, c'est qu'elle n'est pas dans son état de fonctionnement normal. Tout y passe : le réchauffement climatique, la politique, la sortie du nucléaire, la pénurie de beurre. Chaque soir, elle se prend le journal de vingt heures en intraveineuse et bonjour la vision du monde. Ah ben, si on l'écoute, c'est sans espoir hein, autant se tirer une balle tout de suite.

À côté d'elle, son mari, Jean-Pierre. Petite, je l'appelais mon Tonton Toutmou. Rien ne semble l'atteindre, ni les affolements de sa femme à propos de tout et rien, ni nos blagues pourries et surtout lassantes à l'époque de « qui veut gagner des millions ? ». On dirait qu'il est tombé dans la marmite du Xanax quand il était petit. Je ne l'ai jamais vu s'emporter, témoigner d'une quelconque indignation sur un sujet animé. Il est là, mais il n'est pas là. Remarquez, pour supporter le catastrophisme de sa femme, il vaut peut-être mieux pour lui.

Bon, ben, ma sœur, vous la connaissez maintenant. Je m'acharne à lire et relire son mode d'emploi sans comprendre ce qui cloche. Quand j'imagine la frangine idéale, ce sont des parties de rigolades, de l'entraide, des secrets partagés, une entente complice... Au lieu de ça, j'ai droit à de la condescendance, des moqueries et l'impression que je ne lui arriverai jamais à la cheville. Enfin, j'ai remarqué que c'est surtout lorsqu'elle est en public qu'elle agit comme ça avec moi. Quand on est seulement toutes les deux, elle ressemble plus à l'idée que je me fais d'une grande sœur...

En revanche, pour mon beauf, pas de tromperie sur l'emballage, il a toutes les options. J'ai un peu honte de l'avouer, mais quand Sandra a débarqué chez moi l'autre jour pour me confier que sa vie n'était pas aussi parfaite qu'elle le laisse croire, une ~~grosse~~ partie de moi s'est réjouie de l'idée qu'elle puisse éventuellement plaquer son abruti de mari. J'imaginais déjà nos virées de célibataires, les sorties culturelles qu'elle n'a plus le temps de faire avec moi, les séances ciné à pleurer devant le final des comédies romantiques. Au lieu de ça, elle partage sa vie avec un mec vissé sur son téléphone, qui ne sait parler que de marchés, de cours, de tendances et qui balance sa science à mon père pour le forcer à investir dans des trucs qui, j'en suis sûre, s'effondreront dès le lendemain de son placement. Si c'est lui le symbole de la réussite, encore une fois, je préfère jouer aux échecs.

Et ma petite maman, qui s'évertue à ce que personne ne manque de rien sur la table, qui fait de son mieux pour contrer par des perspectives d'espoir chaque thèse de fin du monde de ma tante, qui voudrait bien demander à son gendre de ranger son portable, au moins pour le repas de Noël tout de même, mais qui n'ose pas de peur de faire un accroc à la soirée. Ma mère courage, mon modèle, qui semble toujours voir le bien même quand tout va mal. Je garde précieusement son manuel, bien classé dans ma tête pour me l'appliquer à la lettre, le jour où je deviendrai mère à mon tour.

Il n'y a bien qu'avec le petit Arthur que je n'ai pas de mode d'emploi. Je pense qu'il a largement sa dose de manuels auxquels correspondre avec toutes les attentes que ses parents ont de lui.

Voilà, j'ai fait le tour des convives. On n'en est qu'au fromage. C'est long !

– Encore un peu de vin, Marion ? me propose ma mère.

– Non, c'est gentil, je conduis.

– Pourquoi tu ne veux pas rester dormir là, enfin ? Tu sais bien qu'il y a de la place, ce n'est pas raisonnable de prendre la route si tard un soir de Noël. Et puis, ça me ferait plaisir d'avoir mes enfants au petit déjeuner demain, ça ferait fête et ça me rappellerait le bon vieux temps…

Ah, ça y est, on a droit à la nostalgie maternelle façon Ricoré. Vous voyez, dans son petit mode d'emploi à elle, ses filles ne doivent jamais grandir. Elle a eu du mal à comprendre qu'on ait quitté le nid, alors qu'on ne veuille même pas rester dormir comme à l'époque des coups de coude dans l'escalier en pyjama pilou et chaussons lapins pour être la première à bénéficier du beurrage de tartine par maman, ça la dépasse. Ce n'était pas marqué dans nos notices que le temps passerait si vite...

– Laisse-la donc Mireille, elle est assez grande pour savoir ce qu'elle fait, intervient mon père (ce héros !).

Je lui adresse un sourire reconnaissant et ma mère capitule en s'éloignant vers la cuisine car, dit-elle, elle a oublié la salade.

– Oh, tiens, il neige ! s'exclame ma sœur en regardant par la fenêtre.

Tout le monde quitte la table pour s'agglutiner derrière la vitre.

– Marion, tu ne vas quand même pas conduire avec ce qui tombe dehors, s'inquiète alors ma tante. Les routes ne sont pas salées, tu vas finir dans le décor un soir de réveillon. Les pompiers et les urgences sont sûrement en effectif réduit, tu risques de ne pas voir arriver les secours à temps en cas de problème et qui sait ce qui pourrait se passer !

Heureusement que ma mère n'est pas là pour entendre ça. D'ailleurs, je vais l'aider en cuisine pour la tenir éloignée des prophéties flippantes. J'éviterai ainsi d'avoir droit au chapitre de mon enterrement où personne ne pourrait venir à cause de la neige qui serait tombée sans précédent. Merci, Tata.

Étrangement, la porte est fermée, comme si on y préparait une surprise. C'est le genre de truc qu'on fait quand on installe les bougies en douce sur un gâteau d'anniversaire. Mais personne n'est né en décembre parmi les convives, c'est donc autre chose... Je m'apprête à frapper, quand des voix basses perçues depuis l'intérieur m'arrêtent dans mon élan.

– Ce n'est plus possible, Mireille, je ne peux pas continuer comme ça.

– Chut, on va t'entendre…

Tonton Toutmou ? Heu, je veux dire, Jean-Pierre ? J'actionne délicatement la poignée pour entrouvrir la porte et mieux comprendre la conversation. Oui, je sais, c'est mal, mais je vous signale que vous avez tous l'oreille collée à la porte comme moi, alors ça va bien les leçons.

– Je vais la quitter. En janvier, c'est décidé, je la quitte.

– Ne fais pas une chose pareille, pense à tout ce que vous avez vécu ensemble, voyons…

Ça alors ! Mon oncle neurasthénique veut mettre fin à son mariage ! Et il a l'air sacrément remonté en plus ! Je ne l'ai jamais vu comme ça. Bon, là, je ne vois pas grand-chose, mais au son de sa voix, je perçois qu'il fait les cent pas. Bizarre qu'il se confie à ma mère en plus. Je n'avais pas remarqué qu'ils étaient si proches…

– Et ce qu'on a vécu, nous, ça ne compte pas, peut-être ?!

Hein ?!

– Tais-toi, quelqu'un pourrait arriver.

– Tu crois que ça ne me tue pas de faire semblant depuis toutes ces années, faire comme si rien ne s'était passé ? Jouer la comédie à chaque réunion de famille ? Comment arrives-tu à faire ça ? J'en crève, Mireille, j'en crève de ne pouvoir te prendre dans mes bras, rien que ça, tu comprends ?!

Pourquoi la terre tremble sous mes pieds ? Qu'est-ce qu'il raconte, enfin ? Il a bu ou quoi ? C'est le mélange des anti-dépresseurs avec le champagne, c'est ça ? Je ne comprends rien. Et pourquoi ma mère ne le traite pas de menteur ? Mais dis quelque chose Maman !

– Je sais.

Deux mots. C'est tout. Deux mots chuchotés, à peine audibles, que je prends comme deux gifles sur mes joues d'enfant.

Sous le choc, je reste immobile devant cette porte. Je voudrais faire « rewind » pour ne jamais avoir assisté à cette scène, retourner dans mes illusions. Mais la vie m'a déjà fait comprendre que ça ne servait à rien, tôt ou tard, tout ce qu'on prend bien soin d'ignorer finit toujours par nous sauter au visage. Alors quoi ? Je fais une entrée façon Vaudeville pour être dans le ton ?

– Tata Mayon ? Je peux avoir un Babybel ? J'aime pas les fromages sur la table, ils sentent comme les pieds de Papa...

Arthur me sauve la mise. Je me recompose une tête de circonstance (si c'est possible) et m'adresse à lui comme à un petit vieux en panne de sonotone :

– MAIS BIEN SÛR MON BOUCHON, JE VAIS DEMANDER À MAMIE SI ELLE EN A DANS SON FRIGO !

– Pourquoi tu cries ?

– Pour rien, allez, retourne à table.

Les voix de la cuisine se sont tues. J'ouvre grand la porte et trouve ma mère, devant le plan de travail, en train de préparer une vinaigrette avec de la mayonnaise et de l'huile pour friture et mon oncle en train d'essuyer de la vaisselle sèche depuis le déjeuner. C'est à mon tour d'entrer en scène :

– Il neige dehors, mais ça ne va pas tenir...

On a attaqué la bûche avec, en fond, l'énumération de tous les Noëls enneigés depuis 1956 grâce à ma tante qui a aussi l'option Almanach. Je n'ai pas touché à mon assiette. Je n'arrête pas de regarder ma mère et mon oncle en me posant un milliard de questions. Ça bugue dans mon cerveau. Les données entrent en conflit. Ce n'est pas possible que ma mère ait eu (ait ?) une liaison ! Pas ma maman ! Et Jean-Pierre, ça lui sort d'où cette fougue ? Ça date de quand tout ça ? Depuis que je suis petite ? Avant que je ne sois née ? Non, ça va trop loin cette histoire, il me faut des réponses. Pourquoi j'ai surpris cette conversation ? Ils ne pouvaient pas rester ma maman aimante et dévouée à son mari et ses enfants comme dans la pub pour la lessive, et lui le tonton mou du genou avec qui c'est si facile d'avoir le dernier mot ~~Jean-Pierre~~ ?

Alors qu'on déballe les cadeaux, les pensées tourbillonnent toujours dans mon cerveau. Je suis en pilote automatique. À l'intérieur ça s'active dans tous les sens et ça en vient à la conclusion qu'on a beau avoir plein de principes pour tous les gens qui nous entourent, au final, ils ne servent qu'à nous rassurer, à nous donner l'illusion d'un certain contrôle sur nos relations. On attend de notre entourage des tas de choses sans vraiment s'en rendre compte, mais dès qu'un grain de sable (ou un énorme rocher) vient enrailler la belle machinerie de ce qu'ils sont censés faire ou dire pour convenir à nos idéaux, c'est la catastrophe. Il est peut-être temps de jeter les modes d'emploi. Tous les modes d'emploi, même ceux auxquels on s'accroche à tout prix.

Ma mère n'est pas parfaite. Je le sais. Alors pourquoi je tiens absolument à ce qu'elle le soit ? Ma sœur ne sera jamais Mary Ingalls, alors pourquoi je m'attends toujours à ce qu'elle agisse comme telle et me sens déçue à chaque fois ?

– Ça ne va pas Marion ? Tu fais une drôle de tête...

Voilà que mon beauf s'inquiète pour moi maintenant, mais tout fout le camp dans ma vie ou quoi ? Ça suffit hein, ça devient vraiment flippant !

– Non, mais c'est quoi ce cadeau pourri, Marion ?!

Ah, ma sœur vient de déballer ma trouvaille. Cinq… quatre… trois… deux… un…

Aïe !

Me voilà rassurée, il y a des choses qui ne changent pas, même si elles font mal.

Et vous, vous le faites quand votre feu de joie avec tous vos modes d'emploi ?

Épisode 16 – J'ai décidé de me poser les bonnes questions

– T'imagines ? Si ça se trouve, mon Tonton Toutmou est mon père !

– C'est qu'il n'est pas si mou que ça, ce monsieur, plaisante Dorian.

Je le bouscule alors qu'on est installés tous les deux sur son lit. À peine rentrée de mon dîner de Noël de la 4e dimension, je l'ai retrouvé comme prévu dans sa chambre. Il a pris soin de laisser ouvert le portillon de la maison, j'ai contourné les nains de jardins fluorescents et j'ai frappé à sa fenêtre. Il a passé le réveillon à l'hôpital avec sa mère et son père. Ils feront de même à la Saint-Sylvestre, alors je lui avais dit que je viendrais lui raconter la tête de ma sœur devant son cadeau, histoire de le distraire un peu. Là, j'en suis à lui confier tout ce qui menace d'exploser dans ma tête après ma découverte.

– Et si mon père est au courant de cette liaison, il va être anéanti !

– Ah, c'est ça ton truc avec Shakespeare dont tu me parlais ? Attends d'avoir plus d'infos avant de te faire des nœuds au cerveau. Tu as peut-être mal compris, il y a sûrement une explication…

– Et je fais comment pour rationaliser ? Je n'ai pas une seule donnée fiable, que des hypothèses plus flippantes les unes que les autres, pas moyen de poser un calcul cohérent dans tout ce marasme. Un Einstein n'y retrouverait pas sa théorie.

– Il faut que tu parles à ta mère.

– Je sais.

Soudain, Dorian se met à me caresser les cheveux. Je n'ose plus bouger. C'est agréable, ça m'apaise. Je voudrais qu'il ne s'arrête jamais. Et mon petit cœur chamboulé s'emballe comme un cadeau de Noël.

– Je cherche la bosse que t'a faite ta vilaine sœur, dit-il comme pour justifier ce geste empreint de tendresse.

– Un peu plus à droite, à gauche, attends, un peu plus haut, voilà, et maintenant un peu plus bas. Huummm.

Il comprend ma manœuvre pour avoir du rab de caresses et sourit. Il s'arrête (oh) et fouille sous son oreiller.

– Tiens, joyeux Noël, Marion.

Il me tend un petit paquet et je me sens rougir. Je le remercie et déballe délicatement mon cadeau. Je découvre un cahier à dessin à la couverture chamarrée avec des gouttes de pluie couleur arc-en-ciel et inscrit CARPE DIEM.

– C'est adorable…

J'ai envie de l'embrasser. Je peux ? C'est si délicat… je parle du cadeau, parce que le baiser, lui, serait sauvage !

– En fait, en t'offrant ce carnet, je voudrais te demander une faveur. Tu as le droit de refuser bien sûr. C'est juste que… enfin, on ne se connaît pas depuis longtemps et pourtant il se passe quelque chose entre nous et…

J'humecte mes lèvres en attendant la suite, j'observe les siennes, charnues, veloutées, irrésistibles... Il poursuit :

– Jusqu'à présent, tu ne m'as laissé voir que quelques dessins, mais je ne doute pas de ton talent parce que tu as une belle âme. Une âme qui sait percevoir l'éclat d'un instant.

Je l'encourage du regard.

– Alors... je voudrais que tu rencontres mes parents.

Hein ?!

– Heu... comment ça ?

Et l'étape du baiser, et celle de... enfin du baiser..., d'abord, non ?

– J'aimerais que tu les connaisses, que tu sois témoin de leur amour et que tu le retranscrives en dessins. Je voudrais que tu illustres leur histoire, qu'elle reste éternelle. J'ai pensé que ce serait bien d'avoir une trace, que tout ça ne s'envole pas... avec elle.

Dorian a eu du mal à finir sa dernière phrase. Il a les larmes aux yeux et moi le cœur en miette de le voir comme ça. Je le prends dans mes bras et lui caresse les cheveux à mon tour.

– Je vais le faire. Oui, je ferai de mon mieux. Tu peux compter sur moi.

Il éclate en sanglots. Les sanglots d'un enfant qui a pris sur lui toute la soirée pour avoir le cœur en fête quand un sablier intolérable s'égrenait dans sa tête.

Quand j'ouvre les yeux, je souris en respirant le parfum délicieux et familier (et ô combien érogène) près de moi. Puis, je réalise que j'ai dormi blottie tout habillée contre Dorian. Il s'étire et paraît aussi surpris. Agréablement (ouf !).

– Quelle heure est-il ?

– Trop tard pour que je traverse incognito le jardin des trolls au grand jour, semble-t-il, dis-je en découvrant le ciel bleu par la fenêtre.

Tout est blanc dehors, le sol, les arbres. Ça paraît presque magique.

– Tu ne vas pas partir sans prendre le petit déjeuner avec nous !

Disons que je n'avais pas vraiment envisagé de faire connaissance avec mon cher voisin moustachu aux décos de Noël douteuses, là, comme ça, au réveil, en sortant de la chambre de son fiston, toute dépeignée, avec des yeux de panda. Mais trop tard, Dorian a déjà ouvert la porte.

– Bonjour P'pa.

Devinez qui se recroqueville derrière sa carrure de surfeur pour se faire plus petite qu'une souris quand nous arrivons dans la cuisine ?

– Salut les jeunes, j'ai pris des croissants à la boulangerie, ils sont tout chauds, venez.

Il n'a pas l'air surpris de me voir. Je peux bien sortir de ma cachette.

– Bonjour monsieur Granger.

– Ah, vous êtes la petite jeune femme de la résidence d'en face. C'est vous qui aviez apporté le pain d'épice, l'autre jour, c'est ça ?

– Heu, oui...

Le père de Dorian sourit malicieusement et nous invite à nous asseoir.

– Marion est passée hier soir après son dîner et on s'est endormi bêtement, explique Dorian qui semble aussi gêné que moi.

C'est mignon.

– En partant chercher le pain, j'ai remarqué des traces de pas sur la neige dans le jardin, j'ai d'abord cru à un cambrioleur et puis quand j'ai vu que les empreintes de petits pieds menaient droit à la fenêtre de ta chambre, je n'ai pas eu besoin d'un dessin, s'esclaffe le patriarche en lissant sa moustache.

Marrant qu'il parle de dessin.

J'ai fait de mon mieux pour mettre le moins de miettes possible sur la table de la cuisine en mangeant mon délicieux croissant tout croustillant, histoire de me conduire comme une fille bien élevée. Ils m'ont proposé de rester pour le déjeuner, mais j'ai refusé, ayant pour prétexte plus que valable de devoir prendre une douche (et me brosser les dents ! gloups).

Ce n'est qu'une fois arrivée chez moi que j'ai réalisé que j'avais oublié d'offrir son cadeau à Dorian. Tant pis, ça me fera une excuse pour le revoir très vite. C'est là que tout le plomb qui était devenu plume en sa présence me retombe sur les épaules comme une pluie de petites enclumes. J'ai accepté l'impensable ! Moi, illustrer la vie d'un couple dont la femme va s'éteindre ? Mais pourquoi j'ai dit oui ? Fallait-il que je sois saoule ? *Plutôt enivrée*, me balance mon petit cœur ailé. Je serai incapable de faire ça ! Et puis c'est une intrusion ! C'est faire entrer un panda maladroit dans un musée de porcelaine. Je n'ai pas ma place dans l'équation, peu importe ce qu'en dit Einstein, je n'arrive pas à l'écouter de toute façon. Bonjour la pression ! Je ne parviendrai jamais à retranscrire ça en dessin (ah tiens, le retour des idées formatées par ce bon vieux Gégé, du balai ! Oust !).

Non, non, il faut que je rationalise à tout prix. Mais comment faire du raisonnement avec de l'art ? Si je commence à réfléchir aux techniques à utiliser, à l'angle par où attaquer, au temps qu'il va me falloir pour m'imprégner de mon sujet, j'enlève toute la magie, toute l'essence de la raison pour laquelle Dorian a fait appel à moi. Arrggghh, quelle prise de tête !

D'abord, je dois me poser les bonnes questions. Enfin, non, plutôt les questions bonasses, celles qui ne font ressortir que des réponses de tueuse. Le tout, c'est de préférer le comment au pourquoi, parce que sinon, on ne s'en sort pas. Si je commence à demander à mon cerveau : Pourquoi j'ai accepté un truc pareil ? Il va me sortir une réponse signée Gégé : *Parce que t'es inconsciente, parce que tu ne sais pas dire non, parce que tu es une larve dès que Dorian te regarde avec ses grands yeux fabuleux, parce que tu es faible, parce que...* Stop ! Merci, c'est bon, on a compris. Je me demande bien pourquoi je lui pose des questions à lui aussi... *Parce que t'es bête, parce que tu ne sais pas réfléchir à des solutions, parce que tu préfères te dire que c'est impossible plutôt que d'essayer...* Stop ! Tu veux que je remonte te péter les dents, Gégé ? Et d'ailleurs pourquoi elles ont repoussé ? *Parce que tu doutes, parce que je grandis dès que tu te remets en question, parce que tu ne te fais pas assez confiance, parce que tu as trop besoin de moi...* PAF !

Quoi ? C'est lui qui a commencé !

J'en étais où ? Ah oui, les questions bonasses. Donc, on a bien compris que si on ne veut pas voir le grand gourou du doute se pointer, on a intérêt à soigneusement éviter les questions en pourquoi. La bonne nouvelle, c'est que comme on est plusieurs là-haut, entre le tragédien, le matheux et la tête à claques, on a aussi notre fidèle compagnon Lycos[1] ! Alors lui, il est trop choupinou, toujours prêt à nous filer un coup de main pour trouver des solutions à nos questions les plus ardues. Ce n'est pas dur, il suffit de lui agiter un bâton qui commence par « comment » devant la truffe et de le lancer au loin. Vous allez le voir détaler et revenir avec votre bâton-question entre les crocs, la queue frétillante, l'œil vif et tout plein de boules vertes accrochées au poil qu'il a ramassées en tentant de retrouver son trophée dans les broussailles entremêlées de votre cerveau. Alors forcément, les bouloches-réponses sont pénibles à décoller, certaines sont plus difficiles à récupérer que d'autres, mais vous avez tout ce qu'il faut pour agir, il ne reste plus qu'à tendre la main (et profitez-en pour caresser ce bon vieux Lycos au passage qui se met déjà sur le dos pour le quart d'heure papouilles).

Comment je vais faire pour être à la hauteur de la demande de Dorian ? *Tu vas faire de ton mieux ! Wouf !*

Comment je vais m'y prendre pour illustrer leur vie le plus fidèlement possible sans paraître intrusive ? *Ils seront sûrement heureux de faire revivre toutes leurs belles anecdotes avec toi.*

Comment je vais résister à la pression d'un tel projet ? Ça n'engage pas que moi là, il ne s'agit pas d'un concours, c'est de leur vie intime dont il est question !

Si Dorian te fait confiance et croit en toi, tu n'as aucune raison de ne pas te faire confiance et moi je suis là, et je crois en toi.

---

1. Pour les plus jeunes d'entre vous, sachez que Lycos est un moteur de recherche qui faisait fureur aux débuts d'Internet grâce à sa pub qui mettait en scène un gentil chien-chien qui nous aidait à trouver tout ce qu'on voulait grâce au slogan « va chercher ». Sur ce, je vous laisse, je vais aller prendre ma petite verveine devant *Des chiffres et des lettres.*

Hum…

Comment je peux faire pour que Dorian me saute dessus ?

Je ne suis que le gentil chien de ton cerveau, pour les trucs salaces, t'es mignonne, tu t'adresses aux hormones.

Arf !

Et voilà mon téléphone qui sonne :

– Allô ?

– Ça va ma chérie ? Tu es bien rentrée cette nuit ? Je n'ai pas eu de nouvelles alors je m'inquiétais.

– Oui, Maman, je me suis endormie en oubliant d'envoyer un texto, j'avais la tête ailleurs…

– C'est le coup que ta sœur t'a donné par inadvertance avec son cadeau ?

(Inadvertance, ah ah.)

– Non, c'est un coup plus dur que ça à vrai dire… Maman, est-ce qu'on pourrait se voir toutes les deux très vite ?

– Qu'est-ce qui ne va pas ma puce ? Tu as des ennuis ?

– Non, plutôt des questions.

Et vous, comment vous faites pour être aussi géniaux ? ;)

Épisode 17 – J'ai décidé qu'il est temps d'enfiler les talons

On est tous d'accord que nos petits pieds se sentent vachement mieux dans nos bonnes vieilles baskets avachies plutôt qu'étriqués dans des escarpins vertigineux (les mecs, vous ne pouvez pas comprendre… enfin, pas tous). Mais il faut aussi avouer que parfois, les circonstances font que les Stan Smith n'ont pas leur place. En robe de soirée, en entretien, encore moins pour le vernissage de notre superbe expo d'illustrations. C'est sûr, ça demande un effort, mais enfiler des escarpins a tout de même l'avantage dans le miroir et donc aux yeux du monde de nous faire passer de banale à carrément ~~canon~~ classe. On est plus grande, on se sent plus femme, on nous regarde différemment et forcément, si on calque notre jugement sur celui des autres (ce qu'on a tous tendance à faire malgré tout), on se regarde aussi d'une autre manière et c'est bénéfique. Alors oui, le prix à payer, c'est de rêver de les enlever dès lors que nos pieds crient à la torture, d'avoir l'air bourrée si on n'a pas l'habitude de marcher avec, de développer une notion démesurée des distances, du genre à imaginer que notre voiture est au bout du monde quand on a seulement trois mètres à faire. N'empêche, enfiler des talons, c'est comme mettre son costume de super-héroïne, passer en version 2.0, on se sent plus forte, plus audacieuse, plus sûre de nous (si notre talon ne se coince pas dans une maudite grille bien sûr).

Dans la vie, c'est un peu pareil. On se dit qu'on va se forcer à cuisiner des trucs plus sains, manger équilibré, pour se sentir bien et puis on se retrouve à appeler Allô pizza parce qu'on a la flemme d'acheter les ingrédients, de chercher les recettes et de se mettre aux fourneaux. On porte des nuisettes sexy au tout début avec chéri et puis on ressort vite le pyjama pilou parce que ça caille de jouer les nymphettes et qu'en plus, monsieur commence déjà à lâcher des caisses en notre présence, alors bon. Et au boulot, souvent, on en a marre, on aimerait changer, aller voir ailleurs, on se convainc facilement que la vie serait bien meilleure sans le collègue lèche-bottes, le boss lunatique et les clients geignards. On se persuade que, le soir même, on se mettra à chercher du travail. Et puis on rentre, on réalise que la dernière fois que notre CV a été mis à jour, le prince William avait encore des cheveux sur le crâne, qu'il faut qu'on élabore une lettre de motivation top moumoute (William, si tu me lis...), alors on se dit que finalement, on n'est pas si mal au boulot et que des collègues, boss et clients chiants, il y en a dans toutes les boîtes après tout.

Pourtant, si on faisait l'effort de déambuler en escarpins sur les podiums de notre vie avec un déhanché fatal et un regard de tueuse au photographe-destin, si on faisait le deal avec soi-même de souffrir un peu le temps d'obtenir ce qu'on veut et qu'en échange, on s'offre un bon massage de pieds une fois le défilé fini, on en gravirait des Everest !

Pourquoi je parle de ça moi au fait ? Ah oui, parce que je voulais aller voir Maman avec mes Ugg aux pieds. Besoin de confort à défaut de réconfort, voyez ? Et puis, avec toute cette histoire, j'étais un peu à côté de mes pompes. Pour tout vous dire, je n'avais pas envie d'y aller. Mon petit penchant autruche essayait de me convaincre que j'avais rêvé cette conversation qui tourne en boucle dans ma tête, qu'après tout, ce n'était pas mes affaires, que ça ne me regardait pas. En imaginant que rien ne s'était passé, j'aurais pu sereinement mener ma petite vie comme avant, à l'aise dans mes baskets et ça m'aurait bien arrangé. Sauf que là, en plus des escarpins, il fallait carrément enfiler le pull qui gratte, la culotte qui rentre dans les fesses et le soutif à baleine sournoise qui se plante dans le nichon (désolé les gars, il est très « problématique *girly* » cet épisode-là). Mais, j'y suis allée, prête à affronter tout ça. Et j'ai eu raison, car ce qui m'attendait après ce moment douloureux valait bien tous les inconforts de la Terre. J'ai vu pleurer ma mère. J'ai découvert une part d'elle que je ne connaissais pas. Elle que j'ai toujours admirée en chaussons Isotoner a virevolté en escarpins toute sa vie en secret. Ma maman, c'est une danseuse de flamenco et une chanteuse de fado à la fois.

Elle a connu mon oncle Jean-Pierre bien avant de rencontrer mon père. Ils ont grandi ensemble. C'était son premier amour. Son premier amant aussi (inconfort puissance dix quand j'ai entendu ça). Il est parti à l'armée et elle en Angleterre comme jeune fille au pair. Les lettres n'arrivaient pas. Elle s'est sentie abandonnée, elle pensait qu'il l'avait déjà oubliée. Pas un appel. Ses courriers restaient sans réponse. Elle était loin, étrangère, seule. Un jour qu'elle revenait après avoir amené à l'école la petite fille dont elle avait la charge, elle découvrit un jeune homme terrifié, accroché à un lampadaire. Un chien était assis devant lui, l'air impassible. En entendant ses supplications pour qu'il s'éloigne, faites dans la langue qui lui manquait tant ici, elle comprit qu'il était français. Elle fit déguerpir le molosse effrayant qui n'était en fait qu'un Jack Russel. L'homme descendit de son perchoir, l'air gêné et la remercia, lui expliquant sa phobie des chiens. De là est née leur histoire. Mon père était en stage de finance à La City sur ordre de son propre père qui voulait lui faire intégrer la branche internationale de sa banque à son retour. Il avait accepté uniquement parce qu'il espérait bien s'abreuver pendant son séjour de toute la culture rock anglaise qui le fascinait (mon papounet, un rockeur dans l'âme ? Noonn !). Ils se virent tous les jours, s'embrassèrent pour la première fois sur un banc de Hyde Park. Ma mère envoya une dernière lettre en direction d'Épinal, là où Jean-Pierre faisait son service pour mettre un point final à leur histoire. Pas de réponse.

À son retour en France, elle apprit que son amour de jeunesse avait, après ses classes, été transféré en Allemagne où ses compétences en électromagnétisme étaient recherchées. Mon père rentra à son tour. Il l'amena au théâtre voir *Roméo et Juliette* pour leurs retrouvailles et c'est ici, dans la salle rouge velours, vidée de sa foule, qu'il la demanda en mariage. Elle dit oui (sinon je ne serais pas là pour vous en parler, hein). Le lendemain, le facteur sonna et lui apporta un paquet de lettres en provenance de l'Est et de l'Allemagne. L'armée française avait eu, semble-t-il, un terrible dysfonctionnement dans l'acheminement des courriers, ces derniers mois (sans blague !). Ma mère, fraîchement fiancée, découvrit alors que son premier amour ne l'avait pas oubliée, lui avait écrit passionnément, s'inquiétant, se lamentant, s'indignant, se débattant, pour finalement cesser ses lettres mortes seulement quelques mois plus tôt, à l'heure où elle l'oubliait dans les bras d'un autre. Elle conserva les lettres, mais cacha son chagrin. Elle ne tenta pas de le joindre et fit tout son possible pour que mon père et elle quittent Paris au plus vite de peur de le recroiser, puisqu'elle lui avait brisé le cœur et ne s'en remettrait jamais.

Ils se sont installés dans un joli pavillon de ce trou paumé de Seine-et-Marne. Sandra est arrivée et c'est quand j'ai vu le jour que tout a basculé. Hortense, la sœur de mon père, est venue me voir à la maternité et en a profité pour présenter son compagnon à toute la famille. Imaginez ma mère avec la chute d'hormones, un nouveau-né lové contre elle et son premier amour qui passe la porte au bras de sa belle-sœur !

Pour leur mariage, ma mère a prétexté que j'avais la rubéole pour ne pas venir. Elle m'avait mis des petits points d'éosine partout sur le visage pour berner mon père. Il n'a jamais su. Il ne sait toujours pas. Les Noëls, les barbecues, les regards explicites, les messes basses en cuisine. Les messages privés sur les réseaux sociaux, les « tu me manques », les « à quoi bon ? Regarde où nous en sommes ! ». À travers les années, leur amour est resté là, sur pause, à attendre que leur vie change pour exister. Ma mère aime mon père et elle aime aussi Tonton Jean-Pierre. Il n'y a rien à y faire. Elle ne quittera pas Papa. Mais, souvent, elle pense à ce qu'aurait été sa vie avec des si.

Ma mère, marcher avec des escarpins, elle connaît bien. Pourtant, elle serre drôlement bien les dents. Jamais on ne croirait qu'elle a le cœur qui saigne à l'intérieur.

Je lui ai promis de garder le secret.

– Et si Jean-Pierre quitte Hortense ?

– Ça fera une malheureuse de plus dans cette histoire, déplore-t-elle.

– Qu'est-ce que je peux faire, Maman ?

– Vivre, Marion, vivre pleinement. Ta sœur et toi êtes la plus belle des raisons que j'ai de me réjouir de ce coup du destin. Lève tous les doutes, interroge chacun de tes choix et avance en étant sûre de ne laisser aucun regret derrière toi.

– Je t'aime Maman.

– Moi aussi ma puce, infiniment.

Bon, ce n'est pas le tout, mais j'ai un Dorian à embrasser avant qu'un malentendu ne me le vole !

Et vous, vous êtes plutôt effort de dix ou de douze centimètres ? (je parle de hauteur de talon, pff, vous les mecs... n'empêche, vous êtes restés jusqu'au bout de l'épisode).

Épisode 18 – J'ai décidé d'arrêter de m'excuser

Bon, déjà, laissez-moi faire ma reloue juste deux minutes sur un truc qui m'horripile sachant que le français est pour moi aussi précieux et respectable que l'était feu ma vertu (c'est ça, marrez-vous). Vous êtes prêts ? Alors voilà, s'excuser, c'est se demander pardon à soi-même. Si, si ! Quand on bouscule quelqu'un, qu'on lui marche sur le pied ou qu'on veut qu'il dégage de notre champ de vision parce qu'Adam Levine commence à se mettre torse nu sur scène, on lui dit : « excusez-moi », ou quand on est ultra polie, « je vous prie de m'excuser ». Bref, on demande à la personne d'accepter le dérangement, vous comprenez ? Lorsqu'on dit « je m'excuse », ça revient à balancer : « Ça t'embête ? Ben, tu sais quoi, j'en ai rien à faire, je suis la reine de l'auto-absolution, mon gars ! »

AAAAHHHHH !!! Par Luchini, ça fait du bien ! L'impression de rétablir l'ordre universel ! Tant que j'y suis, je vous bassinerais volontiers avec « malgré que » qui me fait saigner les oreilles, mais vous avez du bol, ce n'est pas le sujet du jour.

Ce qui revient à vous parler de ma récente décision. Car finalement, je me la pète avec mes leçons de sémantique, mais j'étais la première à m'excuser, figurez-vous. Je dirais même plus, j'étais médaillée d'or dans la discipline.

Faire du sport ? Non, c'est gentil, mais je me fais toujours mal et j'atterris à tous les coups chez l'ostéo.

Donner mon sang ? Il ne vaut mieux pas, avec toutes les cochonneries que j'avale, je serais bien foutue de refiler un truc grave à un mec qui en a besoin pour survivre, bonjour le cadeau empoisonné ! Même un vampire n'en voudrait pas ! C'est vraiment pour vous éviter un drame, je vous assure #ExcuseDeM...

Manger équilibré ? Vous voulez dire, avec tous ces haricots verts à la vapeur, ces brocolis à l'eau et ce quinoa au tofu ? Comment vous expliquer... je suis une épicurienne moi, m'sieurs dames, j'ai conscience que mon passage sur terre est fugace, tel une étoile filante, un vol de colibri... Imaginez que demain, paf, tout s'arrête ! Ne serait-ce pas cruel pour ma nature exaltée de m'être contentée d'une salade quand un éclair au chocolat aurait pu être la dernière bouchée de plaisir à fondre sur mes délicates papilles avant de quitter ce monde ? J'ai le sens des priorités, voilà tout.

Vous l'aurez compris, pour me trouver des excuses et les accepter en parfait accord avec moi-même, j'étais fortiche. Sauf qu'à bien y réfléchir, ce n'était pas si fun que ça. Parce que tout ce temps que j'employais à justifier mon inaction, je ne le passais pas à faire des plans sur la comète pour chambouler ma vie de manière top méga génialissime. Tous ces efforts pour que mes excuses paraissent valables autant à mes yeux qu'à ceux des autres, je ne les faisais pas pour aller de l'avant et voir qu'en poussant la porte, le monde toutouyoutou des projets qui se concrétisent n'attendait que moi.

Et puis, surtout, surtout, parce que j'ai pris conscience que pendant que je me trouvais des excuses pour ne pas agir, un type sans bras ni jambes traversait la Manche à la nage, une mamie japonaise de soixante-treize ans escaladait l'Everest, un ado américain réalisait le premier salto arrière en fauteuil roulant, une femme en stade terminal décidait de sourire à ce qui lui reste de vie. Alors, oui, il était grand temps que j'arrête de m'excuser.

J'ai rencontré Lorène. Elle est à l'hôpital depuis qu'elle a accepté de suivre un essai clinique de la dernière chance pour espérer gagner quelques bulles supplémentaires de temps précieux (pléonasme) dans cette course contre le monstre. J'ai stressé tout le long du trajet en voiture. Dorian et son père l'ont senti et ont tenté de me distraire avec des souvenirs de famille désopilants (oui, tout à fait, je dis « désopilant » si je veux). Je pense que cela leur a fait autant de bien qu'à moi. Arrivée sur place, j'ai pu voir que les deux hommes claquaient la bise aux infirmières et semblaient connaître les couloirs comme leur poche. J'étais dans un état de quasi-recueillement vis-à-vis de la personne que j'allais rencontrer, alors qu'eux ressemblaient étrangement à deux gosses prêts à faire un coup fourré. Quand la porte de la chambre s'est ouverte, j'ai découvert la mère de Dorian, semi-assise dans son lit, reliée à une perfusion et arborant une perruque punk multicolore. Le choc.

– Ah, vous voilà ! C'est bon, maintenant, je peux ôter ce truc ? Je fais peur aux internes avec vos idioties.

Le père et le fils, hilares, sont allés l'embrasser avant de l'aider à retirer les crêtes psychédéliques que je continuais de fixer, abasourdie. Dorian m'a expliqué :

– On a joué à cap ou pas cap. Maman devait réussir à faire avaler un Mon Chéri offert à l'infirmière. Comme elle a perdu, elle a dû porter pendant vingt-quatre heures la coupe à l'iroquois. Bon, bien sûr, elle a eu le droit de l'enlever pour dormir tout de même...

Ils sont barges, me suis-je dit alors.

– On peut remercier les copines qui ne manquent pas d'humour pour m'offrir des perruques improbables, a ajouté Lorène avant de sembler chercher son souffle pour poursuivre la conversation. C'est donc toi Marion ? Je suis ravie de te rencontrer. Ce n'est pas facile d'avoir des infos avec Dorian, je suis tellement curieuse, je veux tout savoir de toi !

Je me suis avancée timidement et c'est là que j'ai vu à quel point son enthousiasme et son sourire chaleureux tentaient de masquer une grande fatigue et une indicible souffrance. Des cernes violets soulignaient ses yeux clairs à l'iris pailleté. Sa peau desséchée et un peu jaune faisait un contraste saisissant avec les couleurs de la perruque qui avait maintenant quitté sa tête. Quelques cheveux, clairsemés, luttaient vaillamment pour exister sur son crâne alors que les sourcils, eux, semblaient avoir déserté le champ de bataille depuis longtemps. Lorène Granger est gravement malade, mais ce que j'ai compris ensuite c'est qu'elle a fermement décidé que seul son physique pourrait dénoncer le mal qui la ronge. Même pas en rêve le laissera-t-elle avoir son mental, ni sa joie de vivre.

J'ai répondu à ses questions. Elle paraissait se moquer pas mal de ce que je faisais dans la vie et des études que j'avais suivies. Non, ce qui l'intéressait c'est ce qui me passionnait, ce qui me donnait la niaque pour me lever le matin, ma chanson et mon film préférés, mon talent caché (on en a tous un, d'ailleurs, c'est quoi le vôtre ?). C'était marrant de se définir par ses goûts et ses envies et non par un statut lambda comme on en a si souvent l'habitude. Une fois que j'ai fait le tour de ma petite personne, les hommes se sont éclipsés et la mère de Dorian m'a parlé d'elle, de sa passion pour le théâtre, de son plaisir d'être sur les planches, de cette douce folie qui l'habite et qu'elle a transmise à son foyer, du bonheur qu'elle ressent de voir ce que devient son grand garçon, de l'amour colossal qu'elle partage avec son mari. On a discuté ainsi, comme si j'allais bientôt pouvoir la voir sur scène dans son prochain rôle, comme si son séjour ici n'était qu'une formalité, comme si ces marques sur son visage n'étaient qu'un maquillage, une farce de plus, un pari perdu. Et je l'ai crue. Je l'ai laissée m'emporter avec elle dans des souvenirs tendres mêlés d'espoirs fous et c'était bon, lumineux.

J'ai ensuite évoqué la demande particulière de Dorian, mes craintes d'intruse, ma peur de ne pas être à la hauteur. Elle m'a pris la main et m'a répondu :

– J'ai été Chimène, Aricie, Desdémone, les tragédiennes, ça va bien cinq minutes. Je veux du rire, de la joie, de la gaieté. Je veux que tu me dessines mon plus beau rôle. Fais de moi un clown s'il le faut. Amuse-toi, mets de côté les circonstances et éclate-toi, Marion, si c'est ta passion, c'est ton cœur qui tiendra le crayon. Tu peux lui faire confiance. Moi, j'ai confiance.

J'ai acquiescé en silence.

C'est ce moment qu'ont choisi Dorian et son père pour revenir, fiers comme des paons.

– Comment se déroule notre plan ? a demandé Lorène.

– Sans accroc, chef ! J'ai taillé la bavette avec Claudine et Fabienne dans la salle de pause, pendant que Junior glissait le mot dans le manteau de la cible.

C'est devant mon sourire amusé qu'ils m'ont expliqué la mission confiée par Lorène : que Fleur, jeune infirmière de vingt-deux ans, retrouve le goût de la vie après une rupture qui la faisait avancer dans les couloirs, le nez sur ses Crocs blanches. Depuis qu'elle reçoit des missives enflammées d'un inconnu de l'hôpital, sa tête s'est redressée, ses joues ont repris de la couleur, un sourire éclaire son visage et ses yeux semblent voir partout les signes de l'amour.

– Elle était toute fanée, il fallait faire quelque chose !

– Mais elle finira par découvrir que l'inconnu n'existe pas, ai-je objecté, imaginant sa peine.

– D'ici là, elle l'aura créé, son inconnu. Nos pensées créent notre réalité, a ajouté Lorène en prenant l'air d'une grande prêtresse à la sagesse infinie.

Et quelle prêtresse ! Quand nous sommes partis, ses traits étaient tirés, sa tête reposait sur l'oreiller, ses paroles semblaient lutter pour garder de leur vigueur à travers un souffle de plus en plus court. J'ai compris qu'elle mobilisait toute son énergie pour ces visites qui lui apportaient autant de bonheur qu'elles lui coûtaient en efforts pour le savourer, être présente, elle, la Lorène lumineuse et non la Lorène qui s'éteint.

Sur le chemin du retour, je me suis demandé : comment réagirais-je à sa place ? Serais-je aussi forte ? Me battrais-je avec autant de panache ? J'aurais pourtant toutes les excuses de la terre pour m'avouer vaincue…

Sauf que pendant qu'on s'excuse, la vie trépigne en éclatant notre papier bulle.

Alors, c'est décidé, j'arrête de m'excuser !

Et vous, c'est quoi votre excuse pour laisser traîner votre rêve ?

Épisode 19 – J'ai décidé de réfléchir

– Ça va ? Je ne sais pas comment tu fais. Moi, à ta place, je ne dormirais pas de la nuit ! Tu vas faire quoi alors ? Une formation ? Il paraît que les délais sont super longs et qu'il y a tellement de demandes que le Pôle emploi ne peut pas en accorder à tout le monde. C'est des coups à perdre ses droits avant d'avoir eu la chance d'aller à un cours. Alors, si tu veux te lancer dans une reconversion, ça risque d'être compliqué. Ah, ma pauvre, je ne t'envie vraiment pas…

Voilà, voilà. J'ai le droit à ça quasiment tous les jours au boulot. C'est gentil, ça part d'un bon sentiment, mais on ne peut pas dire que ça remonte le moral. Moi qui ai décidé d'aller vers les gens, je me retrouve à raser les murs et baisser le regard pour éviter de croiser des yeux compatissants ou un commentaire maladroit sur mon futur chômage « c'est bien, tu vas pouvoir prendre du temps pour toi, te remettre au sport, tout ça… ». Soyons cohérents deux secondes, je ne peux pas me REmettre au sport, puisque je ne m'y suis jamais mise ! J'avais aussi décidé de prendre les choses bien, et quand je les écoute, je devrais être sous ma couette à angoisser de me retrouver à la rue dans quelques mois. Mais mince à la fin ! Si ça se trouve, cette épreuve est la meilleure chose qui puisse m'arriver ! Ce n'est pas comme si je m'éclatais dans mon taf. L'inconnu ne me fait plus peur. J'ai compris que la vie était faite de ça, d'évènements qui paraissent insurmontables et qui, non seulement n'étaient finalement pas si terribles, mais qui nous conduisent vers des sentiers qu'on n'aurait jamais osé emprunter de notre propre chef avec nos petits pieds froussards. Bon, bien sûr, je me tape des crises d'angoisses passagères sur mon avenir. Je n'aime pas être dans cette situation. J'ai envie d'aller de l'avant, mais pour l'instant je suis coincée en préavis. C'est un peu comme le purgatoire. Je vais bientôt savoir si ce sera direction vers l'enfer ou bienvenue au paradis. En attendant, j'ai remis à jour mon CV (la corvée !), je regarde tous les jours les annonces en ligne (pendant les heures de boulot, ça c'est kiffant), et parfois, je lève les yeux dans l'*open space* et les vois tous voûtés devant leur écran, la mine triste (à moins que ce ne soit ça, ce qu'on appelle la concentration), et j'ai comme une petite flamme qui danse à l'intérieur en me disant que j'ai une porte de sortie, moi, au moins. C'est le moment de se poser les questions bonasses sur ma carrière professionnelle en fin de compte. Il n'y en a pas un à la machine à café qui ne rêve pas de faire autre chose de sa vie, d'aller voir ailleurs si l'herbe n'est pas plus verte. Et moi, j'ai la chance d'avoir un ticket pour la prairie avec trois billets sous le sabot pour pouvoir gambader un peu sans m'installer dans le premier pré étriqué venu. Bref, la veinarde, au fond, c'est moi. Enfin, c'est comme ça que je le vois, la plupart du temps.

Mais vous avouerez que ce n'est pas évident quand tout le monde catastrophise à tout va sur notre cas. Quand bien même on arrive à se convaincre que ça va aller, ils finissent par nous faire douter. Peut-être que je devrais m'en faire ? Et s'ils avaient raison ? Et si je me retrouvais en fin de droits sans boulot ni même une perspective intéressante ? Et si...

Eh, ça va, oui ! J'ai assez d'un grand gourou à mettre à la diète, je ne vais quand même pas me mettre à nourrir la peur des autres en plus ! Parce que c'est de ça qu'il s'agit. D'où ma ferme intention du jour : J'ai décidé de réfléchir. Car au fond, tout ce que les gens pensent ou disent, même s'ils s'adressent à nous, ça reste avant tout des jugements de valeur qui les concernent directement. Dans nos interactions, on n'est ni plus ni moins que des miroirs au travers desquels chacun projette ses peurs, ses angoisses, sa colère parfois et aussi, je vous rassure, son amour. Une fois qu'on a compris qu'on se sert de nous inconsciemment comme d'un reflet pour se conforter, se valoriser, se consoler, s'aimer, se donner du courage, on arrive à laisser glisser les remarques. On parvient à se détacher des attentes, des doutes et même des reproches, puisque ce n'est pas vers nous qu'ils sont dirigés, mais vers ceux qui les expriment.

Quand Nadine me sort sa tirade sur le parcours du combattant qui m'attend en tant que chômeuse, par exemple, je comprends finalement qu'elle émet ses propres craintes. Et je reconnais que si les rôles étaient inversés, elle aurait sûrement de quoi s'inquiéter. Arrivée à la cinquantaine, après autant d'années de boîte et ses problèmes de santé fabulés, elle pourrait se dire que les employeurs ne se bousculeraient pas au portillon pour l'embaucher. Pourtant, je suis persuadée qu'elle trouverait. Alors ça me rassure. Si je pense ça pour elle, je peux bien le penser pour moi qui ai la jeunesse, la santé et la furieuse envie de réaliser mes rêves, pas vrai ?

Pareil pour ma sœur qui en revient à la genèse : « Il faut dire que je n'ai jamais compris pourquoi tu étais dans cette boîte, tu méritais mieux que ça. Après tout, c'est bien ce qui t'arrive, ça va te donner le coup de pied aux fesses pour te sortir de là et faire un boulot plus épanouissant… » Ah, elle, au moins, elle ne me lance pas des regards de pitié. Mais les quasi-reproches que je soupçonne sur mon manque de volonté, quand je me mets à réfléchir, je les retrouve chez elle. Elle qui s'épanouissait dans le basket et qui en est à se demander pourquoi elle a abandonné.

Ce que je préfère, c'est quand Dorian vient se mirer dans mon reflet. Il est très content d'avoir une collègue de chômage. Enfin, lui, c'est pire, il a démissionné et n'avait de toute façon pas cotisé en bon citoyen, occupé qu'il était à côtoyer les kangourous. Du coup, il a sacrément plus la pression pour trouver un travail. Mais il est confiant. Et nos sessions de recherche d'emploi sont plus fun à deux. Il n'arrête pas de dire qu'avec l'or que j'ai dans les doigts, ce sont mes dessins qui serviront de CV pour le job de mes rêves et que je ferais mieux de sortir la palette graphique plutôt que de copier-coller ma lettre de motivation pour la énième fois en changeant seulement le nom du recruteur.

J'aime bien quand on est assis là, face à face, sur mon canapé, chacun à un bout, nos ordis sur les genoux et qu'il projette ces pensées-là. C'est bon de sentir qu'il croit en moi. Et je sais au fond que j'ai surtout besoin de croire en moi. Souvent, je le dessine à son insu. D'ailleurs, je le dessine même quand il n'est pas là. Il a un océan dans le regard, du sable dans les cheveux. On dirait même que des grains dorés ont été balayés par le vent et semés sur son nez et ses pommettes. Et ses lèvres, hum ! Des morceaux de pastèque où s'abreuver, se délecter de leur goût sucré, en redemander encore et encore...

– À quoi tu penses ?

Oups. Je le fantasme tellement que, parfois, j'oublie qu'il est justement là.

– J'ai envie de pastèque.

Quoi ? C'est vrai.

– En plein hiver ? T'es pas enceinte au moins ? se marre-t-il.

Je lui fais mon air de « n'importe quoi » (vous savez bien, vous le faites aussi quand vous me lisez).

– Non chéri, rassure-toi, j'attends qu'on ait une situation plus stable, un boulot, un toit commun, quelques années de sexe de folie devant nous. Ah, et puis, j'oubliais, notre premier baiser, bien sûr !

Han ! Je n'ai même pas failli, même pas bafouillé ! Le ton détaché, les yeux rieurs et le cœur qui bat à cent à l'heure. Je m'épate ! Le voilà qui sourit largement en fermant son ordinateur et le posant sur la table basse. Je ne bouge plus. Je suis allée trop loin ? Non ! Il n'a qu'à pas être aussi craquant aussi ! Oh là là ! Oh là là ! Il se penche vers moi maintenant. Je retiens mon souffle. Il me prend l'ordi des mains et le pose à côté du sien. Ses yeux ne sont plus un océan, mais une mer déchaînée. Il est tout près de moi. Je dois faire une drôle de tête. Genre lapin pris dans les phares, vous voyez ? J'ai une de ces trouilles ! En même temps, ça danse en moi, ça vibre, ça explose d'impatience. Dorian me caresse doucement les cheveux sans me quitter des yeux (pitié, ne t'arrête pas... à ça). Ma poitrine se soulève au rythme de ma respiration qui se croit en pleine séance de zumba (alors que je n'y suis jamais allée, un comble !). Et puis, Dorian glisse ses doigts vers ma nuque. Il me sourit timidement et murmure :

– Il était temps !

Hein ? Ah vous êtes là ! Pardon, je suis un peu chamboulée. J'ai un goût de pastèque dans la bouche, les cheveux en bataille, les yeux qui brillent. Je le sais, j'ai vu mon reflet dans le plus beau, le plus craquant des miroirs.

On s'est embrassés pendant... pendant... je ne sais pas, j'en ai perdu la notion du temps. Tout ce que je sais, c'est qu'on a fini allongés sur mon canapé à découvrir les endroits où on est le plus chatouilleux. C'est dingue cette histoire ! On a ri comme des enfants, on s'est pelotés comme des ados, mais aussi rapprochés, enlacés, dévorés, savourés, respirés jusqu'à l'overdose. Des drogués ! Ça y est, on est accros. Enfin, moi, c'est sûr. Lui, sûrement aussi, à bien y réfléchir...

Et vous au fait, je trouve que ça vous va vachement bien de refléter le bonheur !

Épisode 20 – J'ai décidé de m'envoyer en l'air

– Le plus important, c'est de bien relever les jambes au moment de l'atterrissage, donc à notre signal, vous passerez vos bras sous vos cuisses et plaquerez vos genoux le plus haut possible contre la poitrine. Ça évitera que vous ne vous cassiez les chevilles…

Ah, vous aussi vous vous demandez ce qu'on fabrique là, n'est-ce pas ? Ça paraissait une bonne idée quand Sandra m'a proposé de le faire avec elle. Maintenant qu'on a enfilé nos harnais et qu'on écoute les instructions qui peuvent nous éviter une cratérisation sanguinolente dans ce champ de la Bourgogne profonde, je n'en suis plus très sûre.

Pour le récompenser de ses bons résultats, la boîte d'Éric (mon beauf), lui a offert une box de saut en parachute en tandem pour deux personnes. Sauf que ce dégonflé ne veut pas y aller. Du coup, c'est sa femme et moi qui allons nous envoyer en l'air ![1] Ma frangine est excitée comme

1. Allez, avouez, vous espériez que cet épisode vous donnerait chaud… je vous comprends, moi aussi…

une puce. En plus, son moniteur est plutôt canon. Quand on sait qu'on est en train de s'installer dans l'avion, collés serrés, les uns derrière les autres, j'ai de quoi avoir le seum de me taper le sosie de Luc Besson pour m'accompagner ~~vers une mort certaine~~ pour le grand frisson. Non, mais ça va bien se passer. Ils ont l'habitude, ils font ça tout le temps, c'est la routine pour eux... ils ne vont pas oublier de vérifier les mousquetons, surveiller l'altitude, déployer la toile à temps, n'est-ce pas ? Qu'est-ce qu'il a dit déjà au sujet de l'atterrissage ? Il n'est peut-être pas trop tard pour affirmer que finalement, je vais rester sagement ici et que tout ce que je voulais, c'était juste un petit tour dans un vieux coucou sur les genoux d'un mec en combinaison moulante. Chacun ses fantasmes après tout, non ?

– Prête ?

Je sursaute quand Luc (appelons-le Luc, j'ai oublié son prénom de toute façon) me crie dans l'oreille pour se faire entendre avec le boucan de l'avion. Je hoche la tête (ni oui, ni non, bien au contraire) ce qui lui vaut de se bouffer mes cheveux ramenés en chignon dans la tronche (tiens, ça c'est pour *Banlieue 13*). Je jette un regard anxieux à Sandra qui plaisante gaiement avec son nouveau copain de grosse marrade, alors que, moi, j'ai le trouillomètre à zéro. Soudain, la porte de l'avion s'ouvre. Les premiers inconscients s'engagent et pouf, ils disparaissent aussitôt de mon champ de vision, comme happés par le ciel. Je n'ai même pas le temps de dire *non-pitié-je-ne-veux-pas-y-aller* que me voilà à mon tour, les pieds dans le vide, un vent violent et froid m'aspirant dehors. C'est là que mon cerveau s'affole comme un dingue : mais t'es pas bien, non ? On ne va pas faire ça ! On a encore trop de choses à vivre ! Tous les voyants sont au rouge ici, ça va pas du tout, on va mouriiiiiiiiiiiiiiiiiiiiiiii iiiiiiiiiiiiiir !!!!!

J'ai sauté.

Sensation incroyable.

J'ai le souffle coupé par la chute libre et je manque de salive. Mes joues se gonflent et gondolent avec la puissance de la dégringolade. J'écarte les bras et place mes mains à hauteur de mes oreilles, je crochète mes jambes entre celles du moniteur, j'écarquille les yeux et vois le sol lointain se rapprocher seconde après seconde. Mon cerveau s'est évanoui sous le choc, j'ai de la difficulté à respirer, je suis tétanisée à l'idée de mal me positionner. Pourtant, je savoure ce moment extraordinaire. J'ai plongé dans le vide ! Je suis désormais lancée comme une comète en direction de la terre, j'ai l'impression de jouer ma vie tout en étant confiante que cela va bien se passer. L'adrénaline me fait sourire malgré mes joues de hamster. Je n'ai jamais été aussi consciente de mon existence, ici et maintenant, et j'ai envie de crier ma présence à l'univers. Soudain, Luc me tapote l'épaule. J'agrippe alors mon harnais pendant qu'il ouvre le parachute, nous freinant dans notre descente en mode furtif. Le silence se fait. La violence du saut laisse place à la quiétude du survol. Je lève les yeux et admire la toile jaune qui, tel un grand soleil, nous amène tranquillement vers la terre ferme. En bas, les champs se dessinent plus clairement sous mes pieds. Luc me propose de tenir les poignées et me montre comment aller à gauche, puis à droite en les actionnant. Je suis comme une gosse qui réussirait à faire du vélo sans les mains. Mais, il est déjà temps d'assurer l'atterrissage. Les genoux plaqués, je glisse brutalement sur l'herbe, les fesses les premières, alors que la toile s'évanouit lentement derrière nous. Je me relève, les jambes tremblantes, avec le tournis, mais toujours un sourire ravi. J'ai dépassé ma peur. Je me suis jetée dans le vide et la force que j'ai éprouvée, le frisson incroyable qui m'a parcourue me donnent déjà envie de recommencer !

En fait, je n'avais jamais remarqué, mais cette sensation-là, ce ressenti démentiel où toutes les fibres de mon corps sont mobilisées dans l'instant à vivre intensément, ne m'étaient pas tellement étrangers. Chaque fois que j'ai cru mourir de trouille ou d'embarras, mais que j'y suis allée quand même. C'était ça. Le grand saut.

Quand, en quatrième B, j'ai demandé à Alexandre Guignard de sortir avec moi et qu'il a dit oui. Quand j'ai caricaturé ma prof de maths de seconde, qu'elle a découvert mon dessin, m'a collée et que je suis devenue populaire au lycée. Quand je me suis mise nue pour la première fois devant un garçon. Quand je me suis teint les cheveux en rose pour ressembler à Sydney Bristow dans *Alias* et que j'ai eu l'air cool pendant au moins deux heures avant que ma mère ne me force à rincer toute l'éosine (le bac à douche s'en rappelle encore...). C'étaient des trucs dingues, flippants, embarrassants, excitants ou complètement débiles, mais ils font partie de mes souvenirs les plus marquants. Pourquoi ? Parce que j'ai sauté dans le vide, j'ai arrêté de réfléchir deux secondes et fait ce qui me tenait à cœur sur le moment. J'ai placé mes petits pieds au bord de ma carlingue de vie, pris une grande inspiration et tout ce qui s'est passé ensuite est maintenant inscrit en moi pour toujours. On a peur de prendre des risques, de se ridiculiser, de se faire remarquer. Oui, mais quand on se lance, c'est juste du kiff avec un grand K ! Comme en parachute, le vent de l'appréhension nous fouette le visage, on pense encore à faire demi-tour à la dernière minute et puis… et puis notre courage, qui nous fait parfois défaut, entre en scène et alors là, les amis, c'est à cet instant qu'on sait qu'on existe, qu'on se sent vivant jusqu'à la pointe des cheveux ~~roses~~.

En rentrant, je fonce retrouver Dorian pour lui raconter ma fabuleuse expérience. C'est chouette d'avoir quelqu'un avec qui partager ça. Je suis tellement heureuse de l'avoir rencontré. De son côté, assis devant l'ordinateur, il m'annonce avoir bossé pour moi.

– Je t'ai créé un Tumblr !

– Un quoi ?

Il me montre l'écran où il a renseigné mon profil et mis en guise d'avatar, le logo *carpe diem* de mon joli carnet.

– C'est comme un blog sauf que tu n'auras pas besoin de raconter ta vie, il te suffira de poster tes dessins. Tu vas atteindre toute une communauté qui va relayer tes chefs-d'œuvre, et à toi la célébrité ! Allez viens, on va charger celui du concours !

Son enthousiasme est contagieux. Je suis beaucoup moins utopiste quant aux éventuelles retombées, mais l'idée est grisante. Partager mes dessins avec la planète entière, au fond, c'est une partie de mon rêve. Et c'est finalement à la portée d'un clic…

Je transfère la photo de mon portable vers son ordinateur. Le stress monte. Je vais vraiment le faire. Je vais me montrer au monde, m'ouvrir aux critiques, risquer de voir mes dessins commentés, méprisés, moqués. J'ai peur. Je peux encore renoncer… Dorian se tourne vers moi avant d'envoyer mon fichier jpeg sur la Toile où des millions d'araignées vont se faire une joie de dévorer la nouvelle proie en ligne. Je prends une grande inspiration, place mes pieds dans le vide, ferme les yeux et saute :

– Vas-y.

Voilà une semaine que j'ai posté le premier dessin sous mon nom de réseauteuse sociale : Mayon (mais où a-t-elle été chercher une telle originalité !) et j'ai déjà des abonnés ! Ils aiment mon univers, me posent des questions, veulent savoir d'où je viens, mon âge, mon pays, depuis quand je dessine. C'est dingue ! Personne n'est encore venu cracher sur mes petits pandas que je lâche dans le cosmos, le cœur serré, mais avec une certaine fierté de les voir s'épanouir sur ma page où je me libère de plus en plus. Les idées fusent. Je griffonne au boulot, peaufine mon projet le soir et poste mon illustration sans trop réfléchir à l'interprétation que n'importe qui pourra en faire, ni à la perfection que je ne cherche plus à atteindre. Je dessine avec mon cœur, mes tripes et beaucoup de légèreté. Ça fait un bien fou ! Et ça a l'air de plaire.

Entre-temps, on a attaqué une nouvelle année. J'ai réveillonné avec Fanny et Daphnée, mais, je ne me suis pas éternisée. J'avais trop hâte de fêter les premières heures de ce janvier tout neuf avec mon beau dealer de pastèque.

On a vu le jour se lever, à peine remis du grand saut qu'on a fait dans la nuit. Intense, tendre, délicat, sensuel, vibrant, puissant… Depuis, je peux le dessiner les yeux fermés et dans les moindres détails, sans crayons ni pinceaux. Et pour être sûre de maîtriser mon sujet, je me repasse les contours de son corps dans ma tête, encore et encore.

Tiens, un mail de la maison d'édition de mon concours raté :

« Madame,

Je suis Constance Bagieu, directrice éditoriale chez Plume et Lune. J'ai été très impressionnée par votre illustration lors de notre concours et regrette qu'elle n'ait pas remporté le prix mérité. Toutefois, par l'intermédiaire de votre site, j'ai pu découvrir vos autres œuvres et ne peux qu'être confortée dans l'intérêt que je porte à votre travail. Aussi, j'aimerais beaucoup que nous puissions nous rencontrer afin de discuter d'une éventuelle collaboration. Pourriez-vous me contacter au plus vite ?

Bien Cordialement,

Constance Bagieu.

Directrice éditoriale. »

OK, alors... on respire, on place ses pieds dans le vide, on ferme les yeux et...

Et vous, c'était quand votre dernier grand saut grisant ?

Épisode 21 – J'ai décidé de faire un tour en DeLorean

Je ne sais pas vous, mais quand je n'arrive pas à dormir, j'essaie plein de méthodes différentes pour y parvenir. Il est évident que celui qui a eu l'idée initiale toute naze de compter les moutons devait avoir sacrément de place dans son appartement. Parce que moi, quand je commence à les imaginer entasser leur pelage laineux pour tenir dans mon trente mètres carrés, bêler en se marchant sur les sabots et se mettre à sauter les uns par-dessus les autres, ça me stresse grave. Je les vois déjà renverser mes petits photophores qui m'ont coûté une blinde chez *Maisons du Monde* (mais ils étaient trop beaux !), déposer leurs crottes de biques sur mon lino, et puis, on peut bien se l'avouer entre nous, un troupeau de moutons, ça doit chlinguer ! Bref, si c'est pour me créer un scénario catastrophe, merci bien, j'ai tout ce qu'il faut avec ma ménagerie à résidence dans mon cerveau.

Ma méthode à moi, celle qui m'aide à m'enfoncer dans un joli coton moelleux couleur arc-en-ciel jusqu'au lendemain, elle est bien plus fun ! Je pique à Doc les clés de la

DeLorean et je m'envoie dans mon futur radieux. Le but du jeu, c'est de m'imaginer dans cinq ans en ayant réussi tous mes objectifs du moment. J'observe mon moi futur et à quel point la vie est géniale, grandiose grâce à toutes les petites actions que j'ai mises en place dès à présent. Vous pouvez vous marrer. Personnellement, quitte à ne pas dormir, je préfère encore envisager mon avenir en rose bonbon plutôt de me focaliser sur toutes les raisons pour lesquelles le présent me fait manquer de sommeil. Et puis, c'est bien meilleur pour ma tronche au réveil de rêver en souriant au lieu de creuser ma ride du lion.

Oui, parce que depuis que j'ai reçu ce fameux mail, l'insomnie ne me quitte plus. J'erre entre excitation et panique totale. Et je ne vous raconte pas comment je tremblais au moment d'appeler la dame. Le gros Gégé a fait une razzia dans le frigo du doute et Shakespeare a écrit une œuvre entière avec le champ lexical d'apocalypse qui volait dans ma tête. Mais, j'ai tenu bon. Bizarrement, mon interlocutrice n'a pas eu l'air de s'offusquer de mon manque total d'expérience, mon amateurisme évident et mon ignorance candide du domaine de l'édition. J'ai essayé de prendre un ton détaché au téléphone, mais ma voix partait dans l'hystérie des aigus. Alors, si elle n'a même pas peur d'une dessinatrice sous hélium, qu'est-ce que j'y peux ?

On a rendez-vous dans deux semaines. D'ici là, je serai officiellement au chômage. Je vais donc pouvoir aller me ~~perdre~~ promener dans Paris plus librement. Ça m'a paru bien, quinze jours. Ce n'était pas tout de suite, j'avais le temps de me faire à l'idée. Mais en fin de compte, c'est ça le problème, j'ai justement trop le temps de me faire à l'idée ! Je me passe l'entrevue en boucle dans ma tête. Elle change en fonction de qui est aux commandes là-haut. Si c'est Einstein, ça va, j'assure, j'ai listé mes arguments, je pose les bonnes questions, j'ai les répliques parfaites, une allure pro, un pont d'or qui s'offre à moi et je n'ai plus qu'à signer en bas du contrat. Quand c'est Shakespeare, comment vous dire... je renverse la moitié de mon café dans la soucoupe avant qu'il n'atteigne mes lèvres, à force de trembler. Et lorsque j'arrive à le boire, il est tellement chaud que je me brûle la langue. Je fais genre « même pas mal », mais du coup, je me mets à parler comme si j'avais une patate dans la bouche. L'éditrice me demande de dessiner, comme ça, de but en blanc, pour vérifier que je suis bien l'auteur des illustrations. La mine de mon crayon se casse, je tire la langue en me concentrant et elle me regarde, consternée. Quand Shakespeare est en forme, je me mets à dessiner un bonhomme en fil de fer et lui tends mon chef-d'œuvre, très fière de moi, alors elle assène un « ça ne va pas être possible » qui me fait pleurer comme une gosse en plein milieu du café. Elle se lève, je la supplie, elle s'en va, je la suis... accrochée à sa jambe. Et elle s'éloigne en me traînant par terre.

Vite ! Les clés de la DeLorean !

Dis donc, je n'ai pas trop pris de coup de vieux en cinq ans, et puis j'ai sacrément fondu ! Hé, mais c'est une robe Ted Baker que je porte ?

Pour être honnête, la future moi m'agace un peu, elle a tout ce que je veux. Plutôt, elle EST tout ce que je veux !

Il paraît que je ne dois pas aller lui parler parce que ça pourrait créer un paradoxe temporel je-ne-sais-pas-trop-quoi et foutre le boxon dans le continuum espace-temps. Enfin, bon, Doc a beau avoir appelé son chien Einstein, il se laisse un peu trop influencer par Shakespeare si vous voulez mon avis.

Super Marion marche en talons sur les trottoirs parisiens et a dû s'entraîner parce qu'elle gère ! Elle regarde sa montre et entre dans un café. Je la suis. Elle s'installe à une table, seule, et consulte son téléphone. Je saisis ma chance et me plante devant elle. Au diable le continuum machin chose, l'univers est sauf, on n'est seulement que dans mon imagination après tout.

– Marion ?

Elle me regarde, intriguée, avant de comprendre qui je suis et pâlit.

– Je suis en train de rêver ? balbutie-t-elle.

– Non, c'est moi qui rêve. Dis, tu veux bien me raconter à quel point notre vie est merveilleuse ? J'en ai besoin.

– Maintenant ? Écoute, j'aimerais beaucoup, mais j'ai rendez-vous avec la rédactrice en chef d'un magazine féminin, elle ne devrait plus tarder d'ailleurs.

– Tu déconnes !

– Chut ! Non, elle veut me proposer d'illustrer chaque mois un fait d'actualité de manière marrante et positive dans leur magazine. On va discuter de tout ça.

– Mais c'est génial !

– Oui, fait-elle en m'adressant un sourire ému. J'ai un peu le trac, cela dit.

– Ça va aller, tu vas tout déchirer !

– J'espère ! De toute façon, je ne pourrai pas faire pire que notre premier rendez-vous pro, pas vrai ? rit-elle.

– Quel rendez-vous ?

Sa tête se décompose et elle se mord la lèvre. Je fais pareil quand je gaffe. Je le sais, puisqu'elle est moi !

– Heu, non, non, rien. Oublie, ça n'a pas d'importance. Regarde, on fait exactement ce qu'on rêvait de faire, maintenant ! J'ai un bureau dans un atelier d'artistes pas loin d'ici, on s'échange des tuyaux, on rigole bien et je ne suis pas prostrée en ermite pour dessiner, comme je le redoutais à l'époque. Les contrats pleuvent et, grâce aux spots publicitaires remportés pour Toblerone, on n'a plus à s'en faire pour les fins de mois.

J'ai envie d'entamer une petite danse dans le café, tout de suite, maintenant. Ma vie rêvée est là, à bout de bras ! D'ailleurs, ça se fait d'embrasser son futur soi ?

– Et Dorian ? je lui demande, soudain.

– Il...

– Marion Herman ? l'interrompt une grande brune qui semble sortir tout droit d'un salon de coiffure tant son brushing est impeccable.

De mon côté, je planque mon visage derrière ma masse de cheveux pour ne pas me faire repérer.

– Bonjour ! dit la super moi en se levant pour lui serrer la main.

D'un signe de tête simultané, on se salue et je disparais pour la laisser gérer son rendez-vous. Ma star, ma wineuse, mon exemple... moi.

Avec des voyages dans le futur comme ça, je peux dormir tranquille. J'ai la certitude que tout ira bien. N'empêche, la prochaine fois, je choisirai un moment où elle est plus disponible, parce que j'ai encore tout un tas de questions à lui poser ! Même si, au fond, je sais que le mieux, c'est d'avoir les réponses sur le chemin qui me mènera jusqu'à elle. Ça ne m'empêchera pas d'aller faire un petit tour de temps en temps pour la voir évoluer et me donner la force de ne rien lâcher.

– Tu ne veux pas me faire voir ? Même pas un seul petit dessin ?

– Non, Dorian, impossible. Si je lis dans ton regard ne serait-ce qu'un soupçon de doute ou de déception, je vais tout arrêter. Et puis, je veux me laisser la possibilité d'effacer, modifier. Il faut que ce soit parfait.

Il est malin, il essaie de me faire craquer avec des bisous dans le cou, mon point sensible. J'ai commencé à esquisser l'histoire de ses parents à partir de mes différentes entrevues avec Lorène ces dernières semaines, les anecdotes de son père et ses souvenirs à lui que j'extirpe lorsqu'on n'est pas en train de se frôler, se frotter et faire voler nos vêtements. C'est dingue ça, on est insatiables. Au moins, quand il dort avec moi, je n'ai pas besoin de chercher les clés de la DeLoran, je m'écroule direct dans un sommeil réparateur.

– Tu te vois où dans cinq ans ?

On est sur son lit, on a feuilleté tous ses albums de famille. Je l'ai vu tout nu dans son bain quand il avait six mois. Ça m'a rappelé de ne jamais, jamais le laisser seul avec ma mère si d'aventure on allait rendre visite à mes parents (je vous rassure, je ne suis pas folle, enfin pas au point de prévoir cette épreuve dans un avenir proche).

Dorian pousse un soupir de réflexion et lève les yeux vers le plafond.

– Voyons… sûrement sur la Côte basque à crouler sous les commandes de la gamme de planches de surf trop stylées que j'aurai créées.

Je le regarde, amusée.

– Quoi ? dit-il sur la défensive.

– Rien, je m'aperçois que je ne t'avais jamais demandé jusqu'ici quel était ton rêve.

– Je veux être le designer de planches de surf que tout le monde s'arrache, affirme-t-il, le menton relevé et les yeux qui pétillent.

– La mer doit te manquer…

– Ma mère me manquait plus.

Je lui caresse la joue tendrement et me cale contre lui en regardant le plafond à mon tour. D'une voix timide, je demande :

– Tu crois qu'il y a une petite place pour moi dans ton rêve ?

Ses grands bras me serrent plus fort.

– Pas le choix, tu prends déjà toute la place dans mon cœur.

Plus de mots. Des baisers. Comme un millier de mercis qu'il ait envahi le mien.

Psst, ne le dites à personne, mais j'ai encore piqué les clés de la DeLorean. Je suis allée retrouver Dorian dans son atelier au bord de la mer. À la base, j'avais prévu de le voir à l'œuvre seulement, en toute innocence, quoi. Et puis, une chose en entraînant une autre… on a baptisé tout l'établi. Insatiables, je vous dis, et encore dans cinq ans visiblement !

Et vous, vous vous voyez tout déchirer comment dans cinq ans ?

Épisode 22 – J'ai décidé d'avoir des yeux d'enfant

Sandra m'a confié Arthur pour le week-end. Elle est partie recoller les morceaux avec Éric. Ils vont s'aérer en Normandie dans un hôtel-spa, non loin du casino de Deauville. Elle est paumée, ma frangine. Je n'aime pas la voir comme ça. On dirait qu'elle en veut au monde entier, et encore plus à elle-même. J'espère que cette escapade lui fera du bien. Faut-il qu'elle soit au bout du rouleau pour me confier sa progéniture ! Elle en a oublié sa peur que je l'influence avec ma charmante imperfection. Oui, parce que je trouve beaucoup de charme à être imparfait, moi. Je revendique mon goût pour le cabossé, le bancal et le magnifiquement fêlé. J'ai remarqué que je ne me suis jamais sentie aussi en phase avec la vie et les gens depuis que j'accepte de ne pas être parfaite et ne demande surtout pas aux autres de l'être.

Enfin, tout ça pour dire qu'Arthur est à la maison. C'est marrant parce que, côté influence, j'ai bien l'impression que c'est lui qui en a sur moi. C'est rafraîchissant de voir le monde à travers ses yeux ! Tenez, prenez mon F2 cagibi.

Ben, lui, il trouve ça trop chouette, toutes ces cachettes possibles avec le bazar ambiant faute de place. Il s'émerveille de prendre l'ascenseur, de tenir la lourde porte à la voisine âgée du rez-de-chaussée et de l'entendre faire le bulletin météo, d'avoir un œil-de-bœuf pour surveiller le couloir (désert). D'ailleurs, rien que les différents noms de ce truc l'ont épaté. Je lui ai installé un tabouret pour qu'il puisse observer les allées et venues (très rares) depuis son poste ultra stratégique et j'ai dû le décoller de là pour le goûter tant il était passionné par sa tour de contrôle.

– Tu m'inviteras à une de vos fêtes, dis ? m'a-t-il demandé pendant qu'il engouffrait sa tartine de Nutella en s'en mettant partout.

Je me suis retenue de le prendre en photo pour l'envoyer à ma sœur et la faire criser. Voyez comme je suis une adulte responsable et digne de confiance.

– Quelles fêtes ?

– Ben, quand vous vous rassemblez tous, ça doit être génial !

– Tu parles des voisins ?

La bouche pleine, il secoue la tête pour dire oui.

– Mais tu sais, on ne se réunit jamais. On se croise de temps en temps, mais c'est tout...

Devant sa mine déçue et surtout incrédule, je me sens soudain bête. Lui s'imaginait sûrement qu'on faisait tous les ans un banquet estival, en bas de l'immeuble. Qu'on dressait une grande tablée faite de planches et de tréteaux, que chacun amenait un plat, qu'on riait, chantait pendant que les enfants couraient et s'amusaient autour des adultes repus et un brin éméchés à cause de la sangria maison de la dame espagnole du deuxième. C'est vrai que ça pourrait être sympa… en général, quand on se rassemble, c'est pour un pépin dans l'immeuble : coupure générale de courant, rupture de canalisation. Ce serait quand même plus fun de se voir pour autre chose que les tracas du quotidien. Je vais y réfléchir, tiens…

– Bon, et qu'est-ce que tu aimerais faire plus tard ? dis-je, curieuse de connaître son rêve.

– Explorateur-espion !

– Tu veux dire, comme en mission secrète ?

– Hum, hum.

Indianarthur lèche le contour de ses lèvres et ne fait qu'étaler un peu plus le massacre à la pâte à tartiner.

– Bon, il faut que tu m'expliques parce que je suis une adulte moi, j'ai du mal avec ce qui sort de l'ordinaire.

– Je vais aller à la découverte des planètes inconnues et ne surtout pas dire aux humains où elles sont !

Il est très fier de sa vocation. Moi, je ne pige pas trop l'intérêt de la chose, donc, je creuse.

– Tu veux être le seul à les connaître ? Mais à quoi ça servirait alors ?

– Ben, comme les hommes ne respectent pas les planètes, je veux être sûr qu'ils n'iront pas s'installer sur celles que je découvrirai. Alors, je dirai que je les ai trouvées, mais je mentirai sur l'endroit exact !

– Ah ouais, tu vas être un rebelle intergalactique, carrément !

Il me sourit de toutes ses dents marron.

– Mais, elles seront peut-être déjà habitées ces planètes, tu y as pensé ? Tu pourrais y être mal reçu. Les gens ont peur de ce qu'ils ne connaissent pas, tu sais.

– Je leur montrerai que j'ai un cœur pur. Et comme ça, si un jour ils finissent par être envahis par les humains malgré mes stratagèmes, ils se souviendront qu'il n'y a pas que des méchants parmi les hommes.

– Ambassadeur de la race humaine, ça a de la gueule... je réfléchis tout bas.

– Qu'est-ce que tu dis ?

– Que je suis fière d'être la tata d'un futur explorateur-espion. Allez, viens là que je te débarbouille. Et sinon, tes parents sont au courant de ton projet ?

– Non, je leur dis juste que je veux être astronaute, sinon ils seraient cap' de me confisquer mes DVD de *Star Wars*.

– Ton secret est sauf avec moi.

– Je sais.

Et là-dessus, il me fait un câlin. Eh ben, dis donc, ça remue !

Comme il m'a donné sa confiance, je lui ai montré mes dessins. Ça a eu l'air de lui plaire. En les étudiant scrupuleusement, il a déclaré une chose étonnante :

– On dirait qu'ils sont faits par un enfant avec des mains d'adulte.

Depuis, ça trotte dans ma tête comme un joli refrain. Saisir l'innocence avec précision, dépeindre le naïf avec lucidité, capter l'évidence dans tous ses possibles. C'est la mission d'ambassadrice de l'humanité que je me suis choisie. C'est ce que je veux arriver à faire, à partager. Quand je pense que ce petit bonhomme reçoit les messages que j'esquisse, ça me remplit d'un bonheur indescriptible.

Sandra et Éric sont venus le récupérer dimanche soir. Alors que son mari était dans le salon, greffé à son téléphone, ma sœur m'a parlé un peu pendant qu'on rassemblait les jouets du petit. Arthur, lui, était fixé au judas pour sa dernière surveillance avant d'être relevé de ses fonctions jusqu'à sa prochaine mission chez Tata Mayon.

– Ça vous a fait du bien de vous retrouver un peu, alors ?

– Oui, on a beaucoup discuté. Je me sentais incomprise, je pensais qu'il n'avait pas vu que ça n'allait pas. En fait, il est très attentif… à sa manière, a-t-elle ajouté devant mon air dubitatif. J'ai exprimé mon mal-être et lui, il s'est mis à m'énumérer la liste de toutes les solutions qu'il avait trouvées pour me sortir de là ! Ça allait de prendre une femme de ménage à m'acheter une nouvelle voiture.

– Il y avait « prendre un amant » aussi ? ai-je dit en me marrant.

– Tu plaisantes, mais on en a parlé figure-toi. Pff, je ne devrais pas te raconter tout ça. Enfin, bon, il m'a clairement montré qu'il voulait mon bonheur et qu'il était prêt à faire beaucoup de choses pour que tout s'arrange. Oh, mais ne me regarde pas comme ça, il n'est pas question que je prenne un amant.

– D'accord, d'accord. Et donc, vous avez trouvé ?

– Oui, dit-elle avec un grand sourire. Je vais monter ma société de coach sportive à domicile !

– Ah oui ? C'est génial !

Elle rayonnait, vraiment ! On aurait dit qu'elle avait trouvé la pièce manquante à son puzzle. Oui, victorieuse, c'est ça.

– Éric va m'aider à créer ma boîte. On va sacrifier une partie de notre budget pour démarrer. Il va s'arranger avec le travail afin d'être plus présent avec Arthur et me permettre de ne pas trop limiter mon planning de rendez-vous. Je vais créer ma chaîne YouTube de conseils *healthy* et de coaching pour aider les gens à se bouger au quotidien. J'ai des tonnes d'idées. C'est comme si un barrage s'était rompu en moi, j'ai maintenant un flot créatif perpétuel dans ma tête. Il faut que je fasse du tri, j'ai tellement hâte de m'y mettre !

Elle avait les yeux qui brillaient. Ces yeux-là, je les connais. Elle a eu les mêmes quand elle a été invitée à faire partie de la ligue professionnelle de basket. Des yeux d'enfant à Noël.

Ma sœur croyait qu'elle avait laissé passer son rêve. Elle ne s'était pas rendu compte qu'il s'était tout simplement transformé, fait tout beau, tout présentable pour intégrer sa vie quand elle ouvrirait enfin la porte des possibles. Il avait fallu qu'elle trébuche pour mieux se relever, changer l'aiguillage pour sortir du tunnel dans lequel elle s'était elle-même engouffrée.

– C'est bon, on a tout ?

Éric est arrivé et a attrapé le sac du petit que tenait Sandra, l'embrassant au passage. C'est marrant comme il a changé. Enfin, c'est plutôt ma manière de le voir qui a changé. Je le prenais pour un type prétentieux et égocentrique. Je pensais qu'il ferait l'autruche au lieu d'affronter les problèmes, et il a prouvé que j'avais tort. J'aime bien me tromper dans ces cas-là. Oui, j'aime bien les yeux tout neufs que je pose sur lui.

Ce soir-là, j'ai dessiné un spationaute perdu dans l'immensité de l'univers, intimant le silence de son doigt ganté alors qu'une constellation mirifique et colorée se reflétait dans son casque. Je me suis amusée à la poster sur mon Tumblr avec pour commentaire : « la vérité est ailleurs… » Ça plaira à Arthur, j'en suis sûre.

J'ai entamé ma dernière semaine de boulot. Ça va, je gère. J'ai décidé de voir ça comme une fin d'année scolaire. Me voilà en CM2, prête à intégrer le collège, pleine de trouille et d'impatience. Je fais mes adieux aux copains : « On se reverra peut-être l'année prochaine ! » Bon, je ne leur souhaite pas qu'on soit dans la même classe à la rentrée, parce que la sixième Pôle emploi, personne n'a envie d'y atterrir. Et puis, je ne suis pas la seule à partir. Dans la charrette, j'ai fait la connaissance de Léna qui va se lancer dans l'auto-entrepreneuriat, Dimitri qui va profiter de son solde de tout compte pour faire un tour du monde d'un an façon routard, Myriam qui va enfin s'inscrire au Cours Florent et tenter sa chance au théâtre, et Amir qui enchaîne les entretiens avec pour défi de trouver un boulot avant sa première indemnisation chômage, par principe. On a tous des aspirations différentes et clairement, on est tous un peu fébriles à l'idée de ce qui va se passer pour nous par la suite, mais j'ai conscience qu'on prend ça avec plus de légèreté que tous ceux qui nous voient faire nos cartons. Oui, je ne sais pas ce qui va m'arriver, mais j'ai confiance. Parce que, jusqu'ici, je m'en suis toujours sortie. Ce n'est pas la première fois que je saute à pieds joints dans l'inconnu, même malgré moi. Et je ne suis pas morte. Je me suis surpassée bien souvent. Je me suis découvert des aptitudes insoupçonnées. Oui, je sais que je vais encore en apprendre de belles sur moi, bien plus que si j'étais restée à me morfondre dans ce boulot qui, je l'ai toujours su au fond, n'était pas pour moi. Et puis, comme quand on change d'école, on peut se réinventer. Je peux opter pour un nouveau look, une nouvelle coiffure, être différente en étant toujours moi. Je vais refaire ma garde-robe, choisir un joli cahier où noter mes premières directives dans mon prochain travail. C'est excitant. Hâte de savoir sur quels profs je vais tomber, s'il y aura de beaux garçons, des copines sympas...

Quoi ? Mon rendez-vous avec l'éditrice ? Oui, eh bien, c'est la semaine prochaine, je sais. Vous ne voyiez pas que je faisais tranquillement l'autruche en regardant un chouille plus loin que l'examen de fin d'année, histoire ne pas trop flipper ?

Dorian m'a aidée à sélectionner les dessins que je vais mettre dans mon book. Je me récite une présentation devant la glace chaque soir, en sachant pertinemment que rien ne sortira de ma bouche comme prévu. C'est toujours comme ça avec moi. Donc, j'ai eu l'idée de dessiner un faux tatouage sur mon bras avec des formes, comme des petits mots-clés qui m'aideraient à garder le fil conducteur de ce que j'ai à dire, mais Dorian assure que ça va se voir. Je n'aime pas quand il a raison. Enfin, surtout contre mes lubies sauve-qui-peut.

Du coup, ça m'a donné une idée (une autre) ! Je me suis mise à dessiner tous les *scenarii* catastrophes du rendez-vous. J'ai maintenant une compil de saynètes rigolotes et gaffeuses. Ça m'aide à exorciser, à conjurer le sort et je crois bien que je vais me pointer là-bas avec mon petit livret de miss apocalypse sous le bras (et pas sur le bras, et toc !). On ne sait jamais, ça pourrait la faire rire à défaut d'avoir envie de me signer le contrat de mes rêves.

Parce que je suis celle qui renverse son plateau à la cantine devant tout le monde, celle qui se fait interroger quand elle n'a pas la réponse et qu'on ignore quand elle lève le doigt, pour une fois. Je suis celle qui loupe la haie à l'athlétisme et s'écorche les genoux, celle à qui on passe enfin la balle et qui rate le panier. Je suis celle qui excelle en matière coefficient deux et se vautre dans celles coeff huit. Celle qui avance et passe les niveaux avec parfois de la maladresse, mais toujours l'envie de bien faire. Le cœur pur comme dirait Arthur.

Donc, je vais aller à ce rendez-vous, avec mes yeux d'enfant, émerveillée de la chance que j'ai de parler de ma passion, parce que rien que cette opportunité vaut déjà une sacrée appréciation dans mon livret scolaire, pas vrai ?

Alors, zou, tête haute, cœur pur et yeux d'enfant.

Et vous, vous passez en quelle classe à la rentrée ?

Épisode 23 – J'ai décidé d'apprendre mes leçons

Souvent, quand un truc ne tourne pas comme on le souhaiterait, on en veut à la vie. C'est vrai, elle a le chic pour nous coller des barrières pile sur notre chemin quand on est lancés à pleine balle, de nous faire faire des détours pas possibles quand on voudrait aller droit au but. Vous savez, ces coups du sort, ces fautes à pas de chance, ces parties remises, ces si près du but. Ce que ça peut être rageant. Et on n'y peut rien, nous. Alors, la seule responsable, c'est la vie, voilà tout ! Le ciel, l'univers, le destin, comme vous voulez.

Pourtant, quand on regarde dans le rétroviseur, on se rend compte que tout était parfaitement orchestré pour nous amener pile là où nous en sommes. Pas d'erreur. Si on rembobine le film (expression vintage offerte gracieusement par votre serviteuse ~~grabataire~~), on peut clairement voir les enchaînements invraisemblables et toutefois inévitables qui ont pavé notre chemin. Tenez, moi, à la base, je n'étais pas censée me retrouver avec des crayons dans les mains. J'avais commandé un Furby pour mon anniversaire.

Oui, oui, l'espèce d'infâme oiseau robotisé qui tenait plus du Gremlin que du volatile. N'empêche, c'était grave à la mode ce truc-là quand j'étais petite, tellement à la mode qu'il est tombé en rupture de stock. Impossible de le trouver en rayon. Je m'étais déjà imaginée avec, m'en occupant, lui apprenant des gros mots, lui faisant des confidences. Mais j'ai dû renoncer. Je me suis retrouvée dans le magasin de jouets, un samedi après-midi, avec mon père, penaud, qui me proposait de choisir autre chose. J'ai erré en boudant pendant un bon moment. Au fond du magasin, il y avait un atelier où un monsieur montrait à des enfants comment dessiner un dauphin, une sirène, un dinosaure, en fonction des demandes, et c'était impressionnant. Face à son chevalet, il esquissait des formes qui ne semblaient pas avoir de sens jusqu'à ce que, soudain, les animaux ou autres légendes se dévoilent sur le papier. J'étais fascinée. Voyant que je restais plantée là, l'homme m'a proposé de participer. Les enfants se sont poussés pour me faire une place. Et j'ai perdu la notion du temps.

Je vous passe la mine affolée de mon père qui m'avait cherchée dans tout le magasin, le cinéma que je lui ai fait pour qu'il m'achète l'attirail préconisé par l'animateur de l'atelier qui semblait m'avoir trouvé du potentiel. Résultat, on est rentrés à la maison sans Furby, mais avec un chevalet, des tubes de gouaches, des fusains, des pastels, des pinceaux, du papier Canson en veux-tu en voilà. Ça a coûté cher, la rupture de stock ! Après ça, mes parents et ma sœur ont eu une paix royale. Je restais pendant des heures dans ma chambre à refaire le monde avec mes crayons.

Et il n'y a pas que moi. Regardez ma mère, si la vie ne s'en était pas mêlée, je ne serais pas là pour vous époustoufler de mon génie à la sauce paillette ! Et vous, quand vous avez échoué lamentablement à votre permis la première fois, pour finalement le repasser quelques mois plus tard et vous retrouver dans la même voiture que le mec qui partage maintenant votre vie ! Quand vous avez filé votre collant en arrivant à votre rendez-vous client super méga important et que la fille de l'accueil vous a prise en pitié et vous a dépannée avec celui qu'elle garde toujours en secours dans son tiroir. Quand vous avez sympathisé, qu'elle vous a donné des tuyaux sur la personne que vous alliez rencontrer et que vous avez ainsi remporté le contrat juteux et la belle prime qui allait avec. Quand vous avez perdu Flamby, votre chat, que les gens du quartier vous ont aidé à coller des affiches et qu'ils sont maintenant devenus les gardiens officiels du matou fugueur quand vous partez en vacances. Quand vous vous êtes fait une entorse la veille d'aller au ski, que vous êtes resté en bas des pistes pendant que les copains savouraient la poudreuse, que vous avez commencé à écrire vos pensées dans un carnet pour passer le temps et que vous êtes, désormais, l'auteur de plusieurs romans !

La vie est une farceuse, une gamine qui nous tire les couettes rien que pour nous embêter, mais en vrai, c'est pour attirer l'attention, pour nous dire « Hé, regarde-moi, viens on va vivre de grandes aventures ». Au fond, elle ne veut que notre bien. C'est quand on fait nos têtes de mules et qu'on s'obstine à aller dans la mauvaise direction qu'elle est obligée d'employer les grands moyens pour nous remettre sur le droit chemin, celui de nos aspirations profondes, de notre vrai moi, de ce qui nous fait vibrer, de ce pour quoi on est là. On peut passer toute son existence à mettre ses paumes sur les oreilles en criant « bla bla bla, je ne t'entends pas ! » parce que c'est plus facile de rester dans sa fausse route, on la connaît par cœur, pas besoin de GPS, on ne se perd pas au moins. Enfin, c'est ce qu'on croit...

Et si on la laissait nous prendre par la main, cette gamine incontrôlable, et si on la suivait en arrêtant de regarder derrière soi pour voir si la maîtresse nous observe de son air réprobateur, et si on faisait des bêtises ? Et si on avait le droit d'avoir faux ? Et si on décidait que l'important, c'était de s'amuser le plus possible. Parce que vous le savez aussi bien que moi, plus qu'une farceuse, la vie, c'est avant tout une vaste blague.

Au fond, si elle nous joue autant de tours, c'est qu'elle en sait bien plus que nous. Alors, j'ai décidé que cette chipie allait devenir ma meilleure amie et qu'à ses côtés, j'allais apprendre à ne plus avoir peur de tout ce qu'elle me réserve. Alors, c'est parti, je m'inscris à l'école de la vie !

Qu'est-ce que j'ai fait de mon book moi ? Bon sang, c'est l'angoisse ! J'ai rendez-vous dans une heure et je suis loin d'être prête. Déjà, je ne tente pas le train pour me rendre à Paris. J'ai depuis longtemps appris que la SNCF était encore plus farceuse que la vie. Du coup, j'espère que je vais réussir à me garer. Bon, et les escarpins, ce n'est peut-être pas une bonne idée si j'ai trois bornes à faire jusqu'au café. OK, ne paniquons pas. OÙ SONT MES BOTTINES PLATES, BON SANG ?! ! Ah les voilà ! Bon, ben, ça ne servait à rien de s'énerver. Tout va bien se passer. J'aurais bien aimé que Dorian m'accompagne, mais il a un entretien aujourd'hui. Et puis, j'ai saisi que la vie me fait comprendre que c'est une épreuve que je dois surmonter seule. Je fais tout ça pour moi, c'est mon chemin, ma voie et j'en serai d'autant plus fière de m'en être sortie sans l'aide de personne. N'empêche, un petit soutien moral, ça n'aurait pas été de refus... la vie parfois est un peu peau de vache quand même...

Garée du premier coup ! Youhou ! Merci la vie ! Elle savait que mon sourire n'allait pas tenir le choc si je devais me lancer dans la course contre la montre à la place introuvable ou le cache-cache avec la fourrière. Le café est tout près et j'ai dix minutes d'avance. Ouf ! J'ai le temps de mettre du rouge à lèvres à l'aide du rétroviseur, histoire d'avoir un peu de couleur sur mon visage blafard (la DeLorean manquait de plutonium ces deux dernières nuits, pas de bol). Je sors ensuite de la voiture et me dirige vers ma destinée, mes dessins plaqués contre moi en guise d'armure. Mon téléphone sonne. *Aïe !* Ça va être compliqué de fouiller dans mon sac sans que ma pochette d'illustrations finisse dans le caniveau. Allons, essayons. La contorsion ridicule, ça me connaît, ça ne peut pas être pire que lorsque je me mets du vernis sur les orteils ou que je jongle avec les sacs de courses, les clés de la voiture, celles de l'appartement et le courrier de la boîte aux lettres.

C'est Dorian ! Sûrement pour m'encourager dans ma dernière ligne droite. Il est trop chou !

– Wonder Woman, j'écoute ? dis-je avec le sourire.

– Marion, c'est ma mère... elle... elle...

Dorian pleure au téléphone. Le sang quitte mon visage, mes jambes flageolent, la terre semble maintenant tourner à l'envers.

– Où es-tu ?

– En route pour l'hôpital, parvient-il à peine à articuler.

– J'arrive !

Lorène Granger a rejoint les étoiles. Son visage paisible repose sur l'oreiller. Elle y a dessiné, dans une dernière lutte contre le monstre, un sourire vainqueur.

Je reste en retrait, près des infirmières qui pleurent tout comme moi. Les deux hommes de sa vie, de chaque côté du lit, lui parlent comme pour la bercer dans un sommeil tranquille. Des mots d'amour, des mots d'humour, des mots tendres, des mercis, des sourires émus trempés de larmes, des mains tenues, caressées, qu'on ne veut pas lâcher, pas maintenant, pas déjà.

Ils sont là, tous les trois, et c'est juste inconcevable qu'il en soit autrement. Et pourtant. Elle est partie briller pour eux, un peu plus loin, plus haut peut-être. Elle qui faisait tout pour ne pas s'éteindre. Elle est maintenant la flamme dans leur cœur, l'étoile dans leur ciel, l'étincelle dans leurs yeux. La star de leur vie. Leur héroïne.

Il y a des moments où on en veut à la vie. On ne comprend pas. On est aveugles, sourds, dans la douleur et dans la peine. Quand la vie nous trahit, on ne veut plus jouer avec elle. C'est fini, c'est pas juste. On ne lui cause plus.

Il faut du temps. Parfois, c'est lui qui devient notre meilleur ami. Il nous prête sa gomme pour estomper les contours de la souffrance, les ratures de la colère, les couleurs diluées par les larmes. Il nous apprend à tenir notre crayon, à dessiner par-dessus, ou à côté, là où il y a de la place pour faire quelque chose de beau. Doucement, il nous aide à esquisser les jolies choses avec un regard différent, peut-être plus conscient que chaque coup de crayon compte dans l'œuvre finale, que chaque détail a du sens. Penché sur le papier, on ne le réalise pas forcément tout de suite jusqu'à ce qu'on observe le dessin à bout de bras et qu'on comprenne. Parfois, le secret du beau ne dévoile ses charmes qu'à la fin.

– Ça va, ce n'est pas trop lourd ?

– T'inquiète, je suis la pro de la contorsion, alors porter deux nains de jardin et trois guirlandes, c'est dans mes cordes.

– Faudra faire gaffe à ne pas se prendre les pieds dans les fils, on n'y voit rien dans ce noir.

Dorian a ressorti toutes les décorations de Noël criardes que son père avait rangées peu après l'Épiphanie. S'il transformait son jardin en boîte de nuit à ciel ouvert chaque année, c'était pour Lorène. Ils s'étaient rencontrés à l'époque des fêtes et devant les yeux d'enfants de celle qui allait devenir sa femme face aux lumières scintillantes de Noël, Pascal Granger lui avait promis d'illuminer sa vie avec un festival de couleurs. Elle avait répondu : Chiche !

Alors, pendant que son père cachait sa peine dans son bureau comme chaque soir depuis le départ de sa femme, Dorian avait entrepris d'honorer leur histoire à sa manière. Il pouvait, bien sûr, compter sur moi pour l'aider.

– Elle aimait vraiment ces nains de jardins à l'air pervers, ta mère ?

Dorian sourit dans le noir.

– Non, elle les trouvait immondes. Elle disait : « Oh non, Pascal, tu ne nous as pas encore ressorti ces horreurs ?! » C'est devenu une blague, tu penses. Tous les ans, il en achetait un nouveau. Ma mère s'amusait à le démasquer une fois installé dans le jardin parmi les autres, et à le baptiser d'un nom improbable.

– Du genre ?

– Ceux que tu as dans les bras s'appellent Alphonse et Philibert.

– Vous êtes barges, dis-je en riant tendrement.

Il prend l'air fier de lui :

– Merci !

Je pose les deux moches au sol et viens semer un baiser sur mon barge préféré.

– Ça va être compliqué de faire aussi psychédélique que lui de nuit. On ne distingue rien à deux mètres, chuchote-t-il.

– Mais si, on y arrivera, tu verras.

Au même moment, un gros nuage gris s'étiole et dévoile une lune pleine, toute ronde qui vient éclairer le jardin comme un spot dédié à notre mission rocambolesque.

On observe le ciel tous les deux quelques instants, émerveillés, puis on se regarde avec un sourire complice.

– Je savais bien qu'on pourrait compter sur son aide.

– Lumineuse, ajoute Dorian tout bas.

– Éternellement lumineuse.

Et vous, vous vous réconciliez quand avec la gentille farceuse ?

Épisode 24 – J'ai décidé de cultiver mon gras

Vous avez remarqué tous ces mannequins 0 % de matière grasse dans les pubs pour du parfum, des sacs à main, des fringues ? Ils tirent une de ces tronches ! On dirait qu'on les a privés de dessert (oui, bon, OK, il y a de ça) ! Les filles sont censées nous donner envie d'acheter les produits hors de prix qu'elles tiennent nonchalamment à la main ou sur leur dos voûté d'ennui, pourtant, on croirait qu'elles vont se tirer une balle en sortant de la séance photo. Alors que nous, on nous file un sac Lanvin pour poser avec, on le serre comme un doudou, on sautille dans tous les coins, on sniffe le cuir tout neuf avec délice et on sourit au photographe comme une gosse (pour son plus grand désespoir, je vous l'accorde) ! Quand se sont-ils dit qu'avoir l'air snob, blasé et neurasthénique était LA tendance à déverser devant nos yeux de petites filles qui serrent leur peluche verte Cetelem à défaut du sac qui ferait crever d'envie toutes les copines ? Ils nous vendent du rêve, certes. Mais, enfin, moi, dans mes rêves les plus fous, je ne tire pas la gueule, je me marre, je m'esclaffe, je rayonne !

Bon, en vrai, le sac Lanvin et tutti quanti, je m'en fiche un peu, mon rêve est ailleurs… OK, d'accord, peut-être un peu du côté de chez Ted Baker. Mais, je reste persuadée que tout est dans l'attitude !

Donc, j'ai décidé qu'à la place de la platitude générale, j'allais cultiver la gratitude. C'est bien meilleur pour la santé que leurs cinq moues et anémies par jour recommandées. Parce qu'il en a marre d'être à 0 % de matière grâce dans ce monde. Quand on arrête de regarder cinq minutes ses bourrelets de problèmes éphémères, qu'on ne monte plus sur la balance de l'injustice, qu'on profite sans se poser de questions des petits moments chouettes que nous procure la vie, on se rend compte qu'il y a de quoi rendre grâce à l'existence. Il suffit de daigner lever les yeux sur autre chose que l'étiquette des calories aux cent grammes qui nous rend tristoune. Parce que l'univers, il se décarcasse pour nous montrer à quel point on a la chance d'être là, sauf qu'on l'a presque oublié. Pire, on ne lui dit jamais merci !

Il y a des matins, comme aujourd'hui, où il s'est improvisé artiste pour nous peindre un ciel rose bleuté dont est sorti un soleil orangé tout rond comme une boule de glace melon. Est-ce que quelqu'un s'est arrêté deux secondes dans sa course contre la montre pour apprécier le cadeau ? C'était plus cool de pester au feu rouge que ça tombe toujours sur soi, que ça commence bien pour un lundi, qu'on aurait mieux fait de rester couché ? Ben, vous savez quoi ? C'était moi, la femme au volant qui a mis plus d'une seconde avant d'accélérer quand le feu est passé au vert. J'étais occupée à remercier l'univers pour ce magistral tableau éphémère, me réjouissant de la surprise qu'il nous fera demain. Vous vous rappelez dans *Matrix*, quand l'agent Smith est partout, tout le temps ? Où que Neo aille, où qu'il pose les yeux, il est là, omniprésent, s'incarnant même dans des passants. L'univers, c'est pareil, mais en beaucoup plus sympa. Il ne vous court pas après, il ne vous veut aucun mal, bien au contraire. Lui, il veut vous sortir de la Matrice, vous montrer toutes les beautés du monde qui font que ça vaut le coup d'être humain, plutôt que le robot docile et consumériste qu'on essaie de nous faire devenir. La petite rose fragile qui éclot à travers le grillage, la serveuse trop sympa qui nous met du rab de nounours à la guimauve avec l'addition, la chanson géniale découverte à la radio, la place de parking qui se libère pile lorsqu'on arrive, l'arc-en-ciel qui se dessine après la journée pluvieuse, les éclats de rire du bébé dans la file d'attente à la caisse, le chien qui fait la fête quand on rentre, le beau jeune homme qui ouvre la porte à la place de son moustachu de père, la femme d'exception qui inspire force et courage. Nous.

Parfois, l'univers s'incarne aussi en nous pour changer la vie de quelqu'un d'autre. Imaginez ! On est choisis, quoi ! On vaut quelque chose puisqu'on apporte une réponse ! Laquelle ? On ne sait pas, mais on joue un rôle dans la grande pièce de la vie. Et que font les acteurs aux cérémonies avec leur petite statuette à la main ? Ils font une moue dédaigneuse façon 0 % d'affect ? Non, ils sourient déjà, pleurent d'émotion parfois (ah ces acteurs !), mais surtout, ils remercient. Ils rendent grâce.

Lorène avait raison, le plus beau rôle de notre vie, c'est celui qu'on se crée, celui avec lequel on rêve de monter les marches, d'enfiler notre plus belle robe et de sourire aux photographes. Parce que les étoiles finissent toutes par s'éteindre pour laisser place à d'autres, mais les plus éclairantes, les plus scintillantes, on s'en souvient pour toujours.

Et puis, la gratitude, ça aide à lever la tête dans les moments difficiles. En se focalisant sur les instants de grâce parsemés dans nos journées, on se remplit plus facilement de pensées lumineuses que d'idées noires. Moi, par exemple, je suis contente, aujourd'hui, j'ai enfilé une paire de chaussettes qui n'étaient pas trouées ! Ça tient du miracle quand on connaît la fourberie de mes orteils qui percent le coton aussi vite qu'ils embrassent le coin des tables basses... À dire vrai, je n'ai pas trop le moral, c'est pour ça que je m'accroche à tous ces petits riens qui font du bien. Dorian et son père sont partis hier en Italie pour une semaine. À la demande de Lorène, ils vont clandestinement semer ses cendres dans des lieux marquants de la commedia dell'arte dont elle était fan. Le rire avant tout et jusqu'au bout.

Et moi, pauvre âme, si j'ai le moral dans les chaussettes (non trouées, hé hé), c'est parce que Dorian me manque. Voilà, je l'ai dit. Je n'y peux rien, c'est comme ça. Je tourne en rond chez moi, me demande ce qu'il fait, ce qu'il voit. Je regarde mon canapé vide avec une sorte de nostalgie complètement déraisonnée. Il est parti depuis... un jour ! Alors OK, je suis au chômage, je n'ai pu mon job barbant pour occuper mes journées, donc ça n'aide pas, mais tout de même ! Moi, ça me fout la trouille ! Il ne devrait pas me manquer comme ça, pas déjà, pas si fort, non ? Oh, je vous vois avec vos yeux en forme de cœur, ça va, c'est bon, bien sûr que je tiens à lui, mais je rappelle que je suis une jeune femme indépendante et autonome. Je suis donc censée pouvoir fonctionner parfaitement sans lui.

Allez, encore cinq dodos et il sera de retour…

Oh, ce que vous êtes mignons d'essayer de me changer les idées en me demandant des nouvelles de mon rendez-vous manqué avec l'éditrice. Eh bien, écoutez, elle ne m'en a pas voulu du sacré lapinou que je lui ai posé, étant donné les circonstances. Sauf que comme j'avais déjà mis un délai de quinze jours entre son coup de fil et notre rendez-vous, le peu de disponibilité qui lui restait s'est vu comblé par le lancement de leur nouvelle collection pour ados et le salon du livre à préparer. Du coup, Mayon peut remballer ses crayons et son angoisse, la prochaine date ne sera qu'au printemps. Ne faites pas cette tête, c'est juste reporté, ça me laisse le temps de m'améliorer, me perfectionner…

Non, mais, je vous jure hein, ça ne passe pas. J'ai de quoi ouvrir tous les placards de la cuisine à la recherche de la moindre sucrerie à me mettre sous la dent et on n'est toujours pas rendus au lendemain ! De toute façon, je n'ai plus de quoi grignoter, j'ai tout confié à Dorian avant qu'il ne parte. C'est l'avantage de me connaître par cœur.

Bon, mon appartement est briqué, je suis à jour de mes séries sur Netflix, je fais quoi maintenant ?

L'ordinateur m'indique qu'une personne vient de me laisser un commentaire sur mon Tumblr. Chouette, une raison de se réjouir ! Enfin, j'espère…

« Merci pour ces magnifiques images pleines de poésie, je guette chaque matin la nouvelle illustration, c'est devenu un rituel pour bien commencer la journée. Continuez ! Ça met des étoiles dans les yeux. Lorène. »

Whouah ! Quel bonheur de toucher les gens de cette façon ! Quelle chance de pouvoir le faire !

Soudain, le prénom me saute aux yeux. Incroyable. On flirte avec le surnaturel là.

Je reste un bon moment devant mon écran avec le cœur qui cacophonise. Je lis, relis. Les mots prennent un sens différent selon mon interprétation.

Je décide tout simplement de rendre grâce à ce message et de suivre son conseil : continuer. Je sors alors mes crayons et mon plus beau papier pour laisser cours à tout ce qui agite mon cœur : le manque, la gratitude, la nostalgie, l'amour, la reconnaissance, le bonheur, la tendresse, la peur, l'espoir, le rire, la douce folie, les rêves.

Et les cinq jours filent comme un claquement de doigts.

– Chérie, je suis rentré ! annonce solennellement Dorian en passant la porte.

J'ouvre un œil ensommeillé, fronce les sourcils en essayant de deviner l'heure qu'il est. Je me redresse difficilement sur ma chaise à roulettes, une feuille collée à ma joue. Je recrache mes quelques cheveux mâchés, senteur fromage.

– Ciel ! Mon promis !

Non, en vrai, j'ai dit :

– N'ENTRE PAS DANS LE SALON !!!!!!!!!!!!

Quoi ? Comment ça je vous ai bassiné avec le fait qu'il me manquait et maintenant je le repousse comme un malpropre ? Déjà, d'une, la malpropre, c'est plutôt moi, de deux, il y a tout mon travail de la semaine éparpillé dans la pièce. Je ne veux pas qu'il le voie, pas avant que ce ne soit terminé, relié, présentable, parfait.

– Pourquoi ? Ton amant a le vertige et n'ose pas sauter du balcon ? Je peux venir l'aider, propose Dorian.

– Mais non voyons, c'est qu'il a coincé son énooooorme zizi dans la braguette de son jean en voulant se rhabiller vite et maintenant il pleure sa maman, dis-je, tentant de gagner du temps alors que j'agis comme une tornade dans mon salon pour tout ramasser.

– Pauvre vieux, déjà qu'il doit pleurnicher chaque fois qu'il marche dessus...

J'éclate de rire, puis referme ma bouche aussi sec. Je sens le camembert ! Faut que je trouve le moyen de me brosser les dents avant d'aller l'embrasser. J'attrape la bouteille d'eau sur mon bureau et regarde mon gobelet à peinture rempli de moitié d'un liquide marronnâtre.

– Ça fera l'affaire.

Je prends une gorgée d'eau et gargarise avant de recracher le tout dans le gobelet. Aux haleines de chiotte, les grands manques de classe, que voulez-vous.

J'avance vers l'entrée en tentant de me recoiffer un peu et en plaquant mes bras le long du corps, faute de déo. Dorian m'attend sagement devant la porte et j'ai à peine le temps de l'atteindre qu'il me soulève et plaque son nez dans mon cou en me serrant fort.

– Tu m'as manqué !

– Toi aussi !

– Je rêve d'une douche, mais je voulais passer te voir d'abord.

– Tu as devant toi la femme de tes rêves, alors, suis-moi !

Je jette mes fringues dans les airs avec une mine coquine en me rendant dans la salle de bains. Il se débarrasse de son manteau à la vitesse de la lumière, envoie valser ses chaussures et s'arrête en chemin pour ramasser une feuille par terre. Je me fige, toute nue.

– Tu l'as fait ? Tu l'as fini ? demande-t-il, visiblement ému devant la dernière page de l'histoire de ses parents qui a échappé à mon rangement tornade.

J'acquiesce. Définitivement à poil.

Et vous, vous l'avez démasqué le gentil agent Smith dans votre vie aujourd'hui ? Regardez mieux. Il est partout, je vous dis.

Épisode 25 – J'ai décidé que toute fin est aussi un début

On va faire un petit jeu, ça vous dit ? Je vais vous donner un mot et vous allez devoir identifier la toute première réaction qu'il provoque chez vous. Du genre, est-ce que c'est plutôt un sourire ou un froncement de sourcils. Vous êtes prêts ? Vous ne trichez pas, promis ? Alors, c'est parti, le mot est : fin.

Ah !

Non, mais vous avez vu votre tête ! C'est juste un petit mot de trois lettres et tout de suite ça réveille en vous des trucs pas cool comme une légère angoisse, un manque avant-coureur, une certaine indignation.

Mais, je vous comprends, je ressens la même chose chaque fois que j'atteins le dernier épisode de l'ultime saison de ma série adorée : « Oh non, ils ne peuvent pas me faire ça ! Je vais faire quoi de ma vie, moi, maintenant ? » La fin, c'est un peu, en général, la peur du vide. Alors qu'on l'a vu précédemment, le vide, c'est souvent ce qui peut nous arriver de mieux (une fois qu'on a décidé d'arrêter de rester enfouis dans les jupons de nos habitudes).

Mais si on étudie un peu la chose (personnellement, je n'ai que ça à faire, je suis au chômage, je vous rappelle. Réjouissez-vous, je vous livre le fruit de mes recherches pendant que vous vous tuez à la tâche, je suis sympa), la fin, ça peut aussi dire un but. Et pas n'importe lequel, un but trépidant. Vous allez voir :

Qui attend impatiemment la fin de la semaine dès que le réveil sonne le lundi matin ?

Qui compte les jours avant la fin de sa période d'essai pour fêter dignement son CDI ?

Qui trépigne devant l'horloge et guette la fin du déjeuner dominical chez belle-maman ?

Qui espère la fin des travaux pour arrêter de vivre dans la poussière ?

Qui invoque la fin du match pour que son équipe ne se prenne pas un but ?

Pensez un peu à ce pauvre petit mot qui est là, dans notre langage courant, prononcé au moins une fois par jour, par tout le monde et à toutes les sauces (« mais t'as pas fini de te plaindre ? », « vivement la fin du mois ! », « Enfin ! »), il en a peut-être marre d'être dénigré. On le colle à côté d'un truc pénible pour qu'il le rende supportable. Mais, inscrit là, tout seul, en noir sur fond blanc, c'est lui qui devient l'insupportable à nos yeux. C'est pas juste !

Oui, d'accord, vous vous dites « vivement la fin de sa période de chômage, elle en est à personnifier les mots de la langue française maintenant ». N'empêche, la fin (temporaire) de mon statut d'active me permet une petite introspection et ça ne fait pas de mal.

Je repense à ma rupture avec Olivier, par exemple. Cette fin-là m'a fait mal, m'a bien abîmée. Je ne voulais pas que ça s'arrête, moi ! Je n'étais pas d'accord. Sauf qu'à bien y réfléchir, ça n'a pas été une fin en soi, non, plutôt le début d'une nouvelle aventure, celle où j'ai pris ma vie en main, celle qui me ressemble tellement plus maintenant. Et puis, un début, ce n'est pas forcément toujours rose. Il n'y a qu'à regarder *Les Experts*, *NCIS*, ou *Columbo*, ça commence bien souvent par un meurtre, après tout.

Dernièrement, j'avais peur de finir le projet que Dorian m'avait confié. Peur de son regard, de son jugement, de ne pas être à la hauteur. Peur du vide aussi. Qu'allais-je donc faire après ça ? Eh bien, vous savez quoi ? Terminer cette œuvre a été un cadeau. Dorian est extrêmement touché. Il m'a serrée dans ses bras comme jamais, me regarde comme si j'étais la chose la plus précieuse au monde. Son père a pleuré en tournant les pages, m'a remerciée mille fois pour ce trésor. Moi, j'ai l'impression d'être en apesanteur. Ce n'est pas de la fierté que je ressens, plutôt un accomplissement. J'ai rempli ma mission. Et ce que je reçois est une infinie tendresse.

– Tu n'as qu'à le faire venir à la maison ! Ce sera l'occasion de le rencontrer !

– Maman, c'est hors de question !

– Trente ans, ça se fête, je refuse que tu ne passes pas ton anniversaire avec nous ! C'est le mien aussi, je te signale, on célèbre le jour où je t'ai mise au monde, ce n'est pas rien. Tu veux que je te rappelle combien d'heures a duré le travail ? Avec ta sœur, ça a été plus vite !

– Non, c'est bon, Maman, je connais l'épisode par cœur... Mais, Dorian veut faire quelque chose de spécial. Et moi, j'ai envie d'être spéciale !

– Mais tu es spéciale pour nous ! Qu'est-ce que tu racontes ?

– Ce n'est pas ce que je voulais dire...

Il y a un blanc au téléphone. Je ne sais pas si elle est vexée ou si elle échafaude un plan.

– Je sais !

Arf, c'était bien l'option 2.

– On a de la chance que ça tombe un samedi cette année. Alors, au lieu du dîner, on va faire un déjeuner festif et vous aurez la soirée pour vous deux.

Ça alors ! Je n'aurais pas cru qu'elle serait si conciliante.

– OK, on peut faire comme ça.

– À une seule condition...

Fallait s'en douter, c'était trop beau.

– Tu nous présentes Dorian au déjeuner !

Et voilà, c'est le début de la fin !

– Alors, je te préviens, mon beauf va vouloir te refourguer un plan moisi pour placer ton argent. Faudra pas l'écouter, hein ?

– T'inquiète, je suis fauché, de toute façon, me rassure Dorian, sur la route vers un déj' en enfer.

– Et ma frangine va essayer de te prendre comme cobaye pour son coaching sportif personnalisé.

– Je lui dirai que je suis déjà un programme intensif avec toi, répond-il d'une voix enjôleuse.

Je rougis au volant en pensant à ce qu'on a fait juste avant de partir.

– Bon, tu n'oublies pas le mot de passe pour l'exfiltration. Quand tu en as marre, que tu n'en peux plus, tu dis...

– J'ai envie de toi.

– Mais, non, « Toblerone », ah... euh... tu veux dire, maintenant ?

Le regard brûlant de Dorian et sa main posée sur ma cuisse font monter ma température d'un cran. Voilà mon cerveau en train d'analyser les recoins tranquilles aux alentours juste avant d'arriver chez mes parents.

Après tout, ce n'est pas comme si j'avais hâte d'y être... Alors vive la Seine-et-Marne et ses chemins de terre en sous-bois !

C'est donc la mine réjouie et le cheveu en bataille que nous débarquons avec vingt bonnes minutes de retard (oh oui, trop bonnes !).

– Ah, on a failli vous attendre, déclare ma sœur, les lèvres pincées.

Voilà, elle fait sa pimbêche. C'est toujours comme ça, dès qu'on est en famille.

– T'avais qu'à faire des abdos pour passer le temps, je rétorque, m'étonnant moi-même.

D'habitude, je ne relève pas les piques de Sandra, mais là, je ne sais pas si c'est le shoot d'endorphines que je me suis pris avant de venir ou la présence de Dorian à mes côtés, quoi qu'il en soit, j'ai comme qui dirait décidé de ne plus me laisser marcher sur les pieds.

– Ne commencez pas toutes les deux, temporise ma mère avant d'accueillir Dorian en le débarrassant de son manteau.

Le déjeuner se déroule relativement bien. J'avais passé la consigne de m'épargner la moindre anecdote gênante sur ma maladresse ou ma gourmandise invétérée et jusqu'ici, elle est respectée. Arrivés au dessert, ma mère et Sandra s'éclipsent dans la cuisine autant, j'en suis certaine, pour planter les bougies sur le gâteau que pour échanger leurs impressions sur la nouvelle pièce rapportée. Éric entreprend de suggérer des placements à Dorian qui me regarde d'un air complice tout en faisant mine d'être intéressé. Il est génial. Mon père, lui, est parti au salon, allumer la télé pour suivre les JO.

– Tu sais ce que tu vas avoir comme cadeau ? me demande Arthur, occupé à modeler une fusée avec les restes de mie de pain.

– Non, mais vous avoir tous là pour mon anniversaire, c'est déjà un beau cadeau.

– Maman, elle a emballé le tien en disant qu'elle allait te faire payer celui de Noël. Ça ne se fait pas de faire payer un cadeau, si ?

Ah, il semblerait qu'il y ait de la vengeance dans l'air...

J'ai droit au sempiternel chant avant de souffler mes bougies. Bien sûr, je me concentre très fort au moment de faire mon vœu. Arthur m'offre un joli dessin de constellation et me montre qu'il a appelé une des planètes Mayon. Mes parents m'ont pris mon parfum et des cartes cadeaux pour refaire ma garde-robe en vue de mes entretiens. Ma sœur me tend un paquet avec un sourire diabolique. Je déballe d'un air méfiant et découvre un distributeur de gel douche en forme de nez. Forcément, le savon s'écoule par les narines quand on appuie dessus. C'est de bonne guerre. Le problème, c'est qu'on est parties pour une escalade de cadeaux pourris à s'offrir et question mauvais goût, j'ai de l'imagination à revendre, pas sûre qu'elle gagne sur ce terrain-là ! Dans ma grande sagesse due à mon âge de raison, je ne lui balance pas mon nez dans la figure. J'attendrai tranquillement de lui rendre visite dans sa splendide maison design et irai le coller dans sa douche lors d'une pause pipi inventée. Hé hé.

Ma mère nous sert le café et se lance dans la nostalgie du temps où elle habillait ses filles avec des robes cousues main, qu'elle tressait leurs longs cheveux en de belles couronnes de tête pour les photos de classe…

– D'ailleurs, où sont-elles ces photos ? Sûrement rangées dans le buffet… Elles étaient si mignonnes !

Affolée, je me tourne vers Dorian,

– On n'avait pas dit qu'on passerait acheter du Toblerone ?

Non, parce que je la connais, si on la laisse sortir les photos de classe, elle ne va pas tarder à dégainer l'album de famille, et là, je dis adieu à ma dignité.

– Tu penses à t'empiffrer de chocolat après tout ce qu'on vient d'avaler ? me sermonne ma sœur.

Dorian, lui, a bien compris que je lançais le nom de code « sauve qui peut », mais semble trouver un malin plaisir à me faire mariner.

– Je crois qu'il reste une tablette dans le placard de ta cuisine.

– Plus pour longtemps, je marmonne d'un air angoissé.

– Non, mais, c'est vrai qu'on ne va pas tarder. On a de la route à faire…

J'aurais envie de l'embrasser (avec la langue et tout et tout), mais je me tiens bien. Ce sera pour tout à l'heure. On aide à débarrasser, je fais un câlin à mon neveu en le serrant fort (c'est pour l'entraîner au manque d'oxygène dans l'espace), remercie hypocritement ma frangine pour son présent douteux et promets à ma mère de lui montrer les tailleurs que je me serai achetés grâce aux cartes cadeaux (alors qu'en vrai, je vais m'en servir pour de la lingerie affriolante, mais chut !).

– Où est Papa ?

– Je crois qu'il est monté dans son bureau.

– Dans MA chambre, rétorque Sandra, toujours aussi vexée qu'ils aient balancé ses souvenirs d'ado au grenier.

Je me rends à l'étage et trouve effectivement mon père devant l'ordinateur.

– On va y aller, tu descends nous dire au revoir ? Ça va ? Tu as l'air fatigué, je m'inquiète, voyant sa mine sombre.

Mon père se frotte les yeux derrière ses lunettes et prend soin de ne pas croiser mon regard.

– Ça va, j'arrive.

– C'est maman ? Vous vous êtes disputés ?

Et s'il avait appris pour Tonton Toutmou ?!

– Mais non, voyons.

Ouf ! Il finit par se tourner vers moi.

– Il a l'air gentil ce garçon…

Je souris et m'assois sur la chauffeuse à côté de lui.

– Il est adorable.

– Je suis content. Tu es rayonnante ma fille.

Émue, je lui demande :

– Alors pourquoi tu sembles si triste ?

– Parce que je crois bien que tu n'as plus besoin de ton vieux père maintenant, répond-il dans un raclement de gorge gêné.

Je me lève et viens l'enlacer.

– Bien sûr que si, j'aurai toujours besoin de toi !

Je le serre longtemps et, après un gros bisou sonore sur la joue, je lui glisse à l'oreille :

– Et tu sais quoi ? Il n'a même pas de couteau suisse.
– Non !!!
– Si !
Nous redescendons au salon et je découvre Dorian installé sur le canapé entre ma mère et ma sœur, l'album de famille ouvert sur les genoux, et tout ce petit monde qui se marre comme des baleines. Et voilà, la fin de ma dignité. Bon, ben, maintenant qu'il a vu ça et qu'il est encore là, c'est le début d'une grande histoire, non ?

Et vous, vous allez finir par me le réaliser ce rêve, oui ?

Épisode 26 – J'ai décidé de faire comme si

– C'est pas vrai ! Ça devient vraiment impossible de se garer dans cette ville !

Je n'ai jamais vu Dorian dans cet état. Il est tout stressé, il râle même comme un Parisien. Tout à l'heure, on est rentrés dans nos maisons respectives pour se faire tout beaux avant de repartir pour la capitale. Je ne sais pas ce qui m'attend, sûrement un dîner dans un succulent restaurant, mais je ne veux pas savoir. Je préfère avoir la surprise. Depuis le jour où il m'a fait celle d'ouvrir la porte à la place de son père, je me laisse guider avec délice dans tous les jolis imprévus de la vie.

Il finit par opter pour un parking sous-terrain qui lui coûtera une blinde, alors je prends mentalement note de ne pas commander le homard à la carte. De toute façon, c'est lui mon homard[1].

---

1. Référence à *Friends*, la meilleure série de tous les temps.

– Voilà, on y est presque, m'annonce-t-il dans un sourire crispé.

Il me serre fort la main en me guidant sur les trottoirs parisiens. Il en oublie que j'ai sorti les talons pour l'occasion. J'ai du mal à suivre son pas empressé. Et je suppose que ce serait mal venu de débarquer dans le summum du chic, portée sur son dos.

– Attends, attends !

Je le stoppe net dans sa course et il me regarde, intrigué.

– Merci, dis-je, me blottissant dans ses bras.

– Mais, tu n'as rien vu encore, s'étonne-t-il.

– Je savoure déjà. Chacun de ces moments est magique, tu sais, même celui-là.

Il se détend un peu, arrête enfin de regarder son portable et décide de savourer l'instant avec moi. Peut-être nous avez-vous aperçus, c'étaient nous les deux homards enlacés, plantés là, au milieu de la foule pressée.

Main dans la main et le sourire aux lèvres, nous reprenons notre marche vers l'inconnu (enfin surtout pour moi). Finalement, nous arrivons devant la vitrine éclairée de ce qui semble être une galerie d'art. Dorian me jette un regard malicieux avant de pousser la porte. Un grand type fin aux montures de lunettes tarabiscotées nous accueille et les deux hommes se lancent dans une accolade qui ne laisse aucun doute sur leur franche camaraderie.

– Bonjour Marion, bienvenue à la Fabrique des Rêves, enchanté de rencontrer enfin l'artiste. Je suis Ted, le responsable de l'exposition, dit ce dernier avec un fort accent ~~craquant~~ étranger.

Je regarde Dorian sans comprendre. Il m'explique alors que Ted et lui se sont rencontrés en Australie. Son ami de

Brisbane, passionné d'art et totalement fan de la France, parlait sans cesse de venir s'installer à Paris pour vivre son rêve. Alors, quand Dorian a appris qu'il avait ouvert sa galerie ici, il s'est empressé d'aller le voir. Et puis, une idée a germé…

Autour de nous, des gens, une coupe de champagne à la main, déambulent devant les œuvres exposées : des visages, des silhouettes, des mises en scène poétiques au crayon, au fusain, à l'encre de Chine. Soudain, mon regard s'arrête sur le mur face à l'entrée. Le portrait de Lorène est là, rieur, captivant, étincelant, rehaussé par les couleurs vives de la crête délirante dressée sur sa tête aux cheveux absents. L'ensemble donne une impression de folie douce comme pour nous rappeler de ne jamais prendre la vie au sérieux, ou plutôt, de rire avec elle. L'ensemble donne : Lorène.

Des larmes d'émotion montent quand je réalise ce que ce dessin provoque en moi. Je le connais pourtant, j'en ai esquissé chaque ligne, chaque contour, ai choisi chaque nuance de cette explosion de couleurs, le bleu limpide de ce regard, l'ombre estompée de ces petites rides au coin des yeux qui accentuent son sourire. Cependant, le voir exposé là, mis en lumière, c'est comme le découvrir pour la première fois. Comme s'il m'autorisait à y croire, croire que je puisse toucher les gens avec mon cœur puisque je le suis moi-même à cet instant.

– Tu ne m'en veux pas ? s'inquiète Dorian, alors que je suis figée devant le portrait de sa mère au clin d'œil complice.

Je me tourne vers lui, encore abasourdie.

– T'en vouloir ?

– Je ne t'ai pas demandé ton accord pour exposer ce dessin, mais l'occasion était si évidente et j'ai pensé que ça te ferait une belle surprise pour ton anniversaire.

– Tu plaisantes ? Ce dessin est à toi, c'est ton histoire, c'est ta mère. Et le geste est… je n'ai pas de mots tant je suis touchée. Dans une galerie d'art, moi ?! Tu te rends compte ?

– Et pas n'importe laquelle. La Fabrique des Rêves. Tu comprends que j'étais obligé, trop de signes…

Je crois qu'il voit à quel point ce qu'il a fait pour moi me renverse.

– Merci, du fond du cœur.

– Merci à toi, je suis sûr que ma mère serait heureuse d'accueillir ainsi les visiteurs de cette galerie si bien nommée. Et moi, ça me fait quelque chose de la voir mise à l'honneur comme ça.

Lui aussi est ému. On reste blottis l'un contre l'autre sous l'éclairage de Lorène pendant un bon moment.

– Ah, et pour ce qui est des signes, ce n'est pas tout. Tu ne devineras jamais le nom de famille de mon cher copain Ted…

– Non ?

– Baker.

Quand on est enfant, on aime bien jouer à faire comme si. On enfile des déguisements, on est tantôt le chat, tantôt le facteur, le papa ou la maman. On s'imagine en pirate, en princesse, en princesse pirate. Notre univers est infini et c'est ce qui rend nos parties de jeu si mémorables. Quand on grandit, on change un peu la donne. On fait comme si on avait encore de l'argent sur le compte, comme si la balance était déréglée, comme si le réveil n'avait pas sonné.

C'est beaucoup moins fun, avouez. Alors, quand on vous offre l'occasion dans votre vie d'adulte de jouer à faire comme si, comme à la douce époque où tout nous semblait possible (moi, j'y crois toujours, mais je suis une vraie gamine, alors ça ne compte pas), eh bien, il faut y aller à fond. Allez-y, essayez donc cette robe de star qui vous fait de l'œil dans la vitrine lors de votre virée shopping avec les copines, jouez à la vedette devant la glace dans la cabine d'essayage, qu'est-ce que ça coûte ? Faites comme si vous alliez l'acheter cette décapotable et testez-la, cheveux au vent, au moins une fois dans votre vie. Faites comme si vous étiez en pleine comédie romantique et souriez à cet homme dans le métro qui lit votre auteur favori. Faites comme si la vie était un jeu.

Moi, j'ai fait comme si j'étais une grande artiste reconnue dans cette galerie au nom évocateur, mise à l'honneur par Ted Baker et au bras d'un homme qui me fait bien plus fondre que Shemar Moore. J'ai rencontré des gens touchés par mon dessin, j'ai répondu à leurs questions, j'ai été prise pour une illustratrice chevronnée et j'ai fait de mon mieux pour être à la hauteur du fantasme (le leur comme le mien). J'étais comme dans un rêve.

Et je n'ai jamais été aussi en phase avec la vie.

– J'ai eu Ted au téléphone, ils ont été trois à vouloir acheter ton dessin, et pas pour des petites sommes, m'informe Dorian alors que nous nous rendons chez ma sœur.

L'expo a duré une semaine. Il y a même eu un article dans le journal. Lorène et sa crête multicolore sont apparues à la page culture, aux côtés d'une critique de théâtre. Elle aurait sûrement aimé. Bien sûr, il est hors de question de vendre le dessin. Il appartient à Dorian et son père. En aucun cas je ne peux l'imaginer suspendu au mur de quelqu'un qui n'a pas connu la lumineuse personne qui me l'a inspiré. Elle trône maintenant dans le salon de la maison familiale. Pascal Granger compte bien transformer le couloir en galerie d'art et y exposer tous les autres dessins dédiés à leur histoire, même celui de la mise en scène comique du baptême des nains de jardin.

– Salut, vous deux ! s'exclame ma sœur, montée sur ressorts, en nous ouvrant la porte.

Aujourd'hui, elle lance sa première vidéo en ligne pour son coaching. Dorian va l'aider à s'assurer que tout roule au niveau informatique. Quant à moi, j'ai bien l'intention de profiter de l'occasion pour mettre le nez dans la déco de sa salle de bains, si vous voyez ce que je veux dire…

– Ma copine Charlotte s'est désistée, je vais avoir besoin que tu fasses la Sandrette, m'annonce-t-elle alors.

– Tu plaisantes, j'espère ?

Dorian se marre et ma frangine continue comme si j'avais dit oui :

– Je vais te passer mon pantalon de yoga, il est stretch, ça devrait aller. Quoique tu aies pas mal minci ces derniers temps. Ça tombe bien, ta graisse ballottera moins quand on fera la séance de corde à sauter.

– Non, mais tu rêves là, je ne vais pas apparaître sur ta vidéo !

– Mais si, tu verras, ce sera fun. On va commencer doucement, de toute façon, ça s'adresse aux débutants. Les gens pourront s'identifier facilement à toi s'ils ont un peu de mal à répéter les mouvements. Je serais l'exemple à suivre et toi, ce qu'il ne faut pas faire. Finalement, c'est parfait comme ça !

C'est dans des moments comme celui-là que faire comme si vous n'aviez rien entendu peut vous épargner de finir en taule pour fratricide.

Et vous, faites pas comme si vous n'entendiez pas votre rêve qui frappe à la porte. Allez ouvrir !

Épisode 27 – J'ai décidé que tout le monde fait de son mieux dans la vie

Vous avez remarqué comme parfois, on a beau être entourés par nos congénères, on a l'impression de venir d'une autre planète ? Bon, moi, ça me le fait souvent. Quand je me prends la première goutte de pluie dans l'œil parce que j'ai le nez en l'air alors que les autres se la prennent sur la nuque, la tête baissée sur leur portable (je me demande ce qui est le moins agréable ?). Quand je me pointe dans les magasins déserts la veille des soldes et que les vendeuses pensent que je suis une payeusepleinpotphile, ou tout simplement à côté de la plaque. Lorsque j'ai envie de faire enfiler des chaussettes mi-mollets à tous ces jeunes qui se baladent les chevilles à l'air par -5 degrés parce que c'est « la mode ».

Souvent, ce que font les autres n'a pas de sens à nos yeux : mais pourquoi elle reste avec ce type puisqu'il la fait souffrir ? Pourquoi ils disent que leurs enfants leur manquent alors qu'il y a deux jours, ils voulaient les expédier sur la lune ? Pourquoi il enchaîne les heures sup non payées sans rien dire s'il trouve que son patron abuse ?

La seule réponse à nos incompréhensions c'est qu'on ne pourra jamais être à la place des autres. C'est sûr que nous, on l'a, parfois, la solution à leur problème, ça nous paraît même simple à appliquer et d'ailleurs, on est souvent tentés de la leur expliquer. Alors, quand on ignore nos recommandations ou pire, qu'on nous envoie valser avec nos bonnes idées, on se vexe et on décide qu'on ne les écoutera plus se lamenter pour la peine, non, mais.

Si on est vraiment honnête, on peut avouer qu'on fait pareil de notre côté. Il suffit qu'on se plaigne de l'enseignement déplorable dans l'école de nos enfants pour qu'on nous suggère de les mettre dans le privé. Est-ce qu'on le fait ? Non. Si on dit qu'on a peur de se taper encore de la flotte cet été dans notre location de Bretagne et qu'on nous conseille d'aller sur la Côte d'Azur, est-ce qu'on change nos plans ? Non. Parce que personne n'est dans nos baskets, encore moins dans notre tête. Il y a des tenants, des aboutissants, des circuits bordéliques qui font que le chemin vers la solution à nos problèmes, on ne peut le faire que nous-mêmes. Parfois, le signal passe et on arrive à le prendre en compte, parfois, on est plus hermétiques à tout avis extérieur et ce dont on a surtout besoin c'est de dire au monde que, pour nous non plus, la vie n'est pas forcément rose. Une sorte de façon de communiquer, d'échanger. Ma galère contre la tienne. Mais attention, chacun repart avec sa petite galère bien à lui.

On ne peut pas en vouloir aux gens de s'enfoncer dans leur marasme. On n'est pas eux. Et une chose est sûre, on fait tous de notre mieux avec les moyens qu'on a. N'importe qui, quel qu'il soit, donne le meilleur de lui-même dans chaque situation, à l'instant T. Peut-être le ferait-il autrement cinq minutes plus tard ou deux ans avant. Mais sur le moment, quoi qu'il arrive, chacun réagit à sa façon avec la volonté de faire au mieux.

Un type vous rentre dedans en voiture parce qu'il pianotait sur son portable ? Sur le moment, il a sincèrement cru qu'il pouvait gérer sa conduite. Vous vous énervez et avez envie d'en venir aux mains ? À l'instant T, c'est ce que vous ressentez, même si ça ne vous ressemble pas. On ne fera jamais ce que les gens attendent de nous, de même qu'ils ne feront absolument jamais ce qu'on attend d'eux. On fait tous avec les moyens du bord. On va dans le sens de notre instinct, nos pensées, nos croyances, notre passé, nos peurs, nos espoirs, nos certitudes, nos doutes. On est un mélange de tout ça et on avance vaillamment au gré des évènements. On s'en voudra sûrement pour certaines réactions. Combien de fois on s'est entendu regretter : j'aurais dû dire ci, je n'aurais pas dû faire ça. Mais à quoi bon ? L'instant est passé, un nouveau se présente, pour faire mieux la prochaine fois, alors hop, hop, hop, on avance !

Souvent, j'imagine les gens avec leur lot de galères quotidiennes et ça me rend indulgente. Oh, bien sûr, celles que je leur invente sont peut-être pires que la réalité, sûrement complètement hors sujet, mais ça m'aide à voir le monde meilleur. Prenez ce type dans la file d'attente qui sifflote. Il est agaçant, n'est-ce pas ? On a envie d'ouvrir la boîte de cotons-tiges qu'on vient de poser sur le tapis de la caisse pour se les enfoncer dans les tympans et ne plus l'entendre (comment ça j'ai une tendance à l'exagération ?). Je me dis que ce monsieur, il est peut-être venu faire les courses de sa mère âgée qui ne le reconnaît plus quand il lui rend visite. Elle le prend pour l'infirmier ou le voisin et ça le mine. Aujourd'hui, elle s'est souvenue de lui, l'a appelé par son prénom, alors il se dit qu'il y a de l'espoir, et ça le fait siffloter de joie. Ça ne vaut pas le coup de se perforer les tympans pour ça, non ? Et puis, dans cinq minutes, il fera partie de notre passé de toute façon.

Et cette grande théorie, je me l'applique très souvent. Mon beauf me gonfle parce qu'il parle fort ? Peut-être qu'il a aperçu son début de calvitie ce matin et fait tout pour détourner l'attention. Pendant qu'on cherche à lui faire fermer son clapet, on n'admire pas le plafonnier se refléter sur son crâne.

Dorian n'a même pas fait gaffe que j'étais allée chez le coiffeur ? Peut-être qu'en Australie, la peine de mort pour les petits amis qui ne remarquent pas qu'on a coupé nos pointes de deux centimètres ne s'applique pas. Il n'a pas encore connaissance des normes en vigueur ici, ça ira pour cette fois, mais rappelons-lui que nul n'est censé ignorer la loi.

J'étais un peu déçue quand j'ai raconté à Fanny et Daphnée tous les trucs de dingue qui m'arrivaient grâce à mes dessins : des *followers* du monde entier, un rendez-vous prévu avec une éditrice, une exposition en galerie d'art. Non, mais, rien que de l'évoquer, ma voix part encore dans les aigus. C'est quand même super méga trop génial, non ? Ouais, eh bien, mes copines, ça a eu l'air de leur faire ni chaud ni froid. Bon, d'accord, elles ont leur lot de trucs de dingues aussi, c'est à croire qu'on s'est lancées dans une compet' de totales déchireuses. Si Arnaud faisait tant de cachotteries à Fanny ces derniers temps, c'est parce qu'il préparait sa demande ! Elle qui aurait rêvé d'être danseuse étoile, il l'a emmenée sur les marches du palais Garnier et là, alors que la musique du ballet de Giselle retentissait, une troupe de danseurs est venue l'entourer en tutus colorés, entrechats et arabesques. Elle a en a eu plein les yeux et au moment où la mélodie était à son apogée, les danseurs se sont tous baissés pour qu'elle découvre Arnaud, un genou à terre devant elle. Tout est devenu silencieux, la troupe était figée, des touristes les prenaient en photo, les passants s'amassaient et c'est là qu'il lui a demandé de devenir sa femme.

Non, mais vous le croyez, vous ?! ! Ah, voilà, je repars dans les aigus.

Et quand on avait atteint le summum de la béatitude, Daphnée nous a annoncé qu'elle était enceinte ! On va être des tatas gagas pour l'automne. Vous imaginez les cris d'hystériques qu'on a poussés à chaque fois ?

Alors, oui, moi forcément, avec mes perspectives (in)espérées, mais sans création de symbiose ni d'être humain, je n'ai pas remporté le prix de l'applaudimètre. Et c'est normal.

Ce qui compte, c'est que quand je leur ai annoncé mes victoires, ça frappait des mains dans ma tête, ça scandait mon nom dans mon cœur et ça tapait des pieds dans mon corps. Car après tout, je suis ma meilleure supportrice. C'est moi qui encaisse les doutes, les portes fermées, les peurs d'échouer. Alors quand ça porte enfin ses fruits, personne autant que moi peut en concevoir la valeur, en savourer le bonheur. Après, il ne reste plus qu'à partager toutes ces paillettes de joie.

Cela étant dit, il se peut que je me sois un peu plainte auprès de Dorian pour trouver une oreille attentive (on ne se refait pas) :

– Moi qui pensais qu'elles seraient folles de joie. Ça m'a frustrée. Un peu comme l'autre jour, quand je suis revenue de chez le coiffeur et que tu n'as rien vu...

C'est ce qui s'appelle faire d'une pierre deux coups version nana rancunière (pléonasme ?).

– Tu as été chez le coiffeur ?

Retenez-moi !

– Mais, enfin, regarde, avant mes cheveux m'arrivaient là, et maintenant, ils sont là !

Yeux de merlan frit de mon chéri. C'est peine perdue. J'aurais dû me teindre les cheveux en rose, tiens, au moins il l'aurait remarqué et j'aurais réalisé mon fantasme d'ado.

– Non, mais c'est une question de timing pour tes copines. Bientôt, elles diront à tout le monde qu'elles connaissent l'illustre Mayon. Là, elles ont des robes de mariée et de la layette plein la tête, c'est normal. Ça viendra.

Je me love contre lui. J'avais besoin de l'entendre. Ça me donne envie de tout déchirer pour que même une cérémonie à Honolulu ou un accouchement les doigts dans le nez sans péri n'arrivent pas à la cheville de ce que je vais créer dans ma vie. L'esprit de compétition en mode dépassement de soi. Ça marche du tonnerre chez moi. J'ai peut-être ça en commun avec ma sœur finalement...

– T'as de la chance, hein, dis-je à Dorian, t'es passé pas loin de l'arrachage de tes beaux yeux à la petite cuillère pour l'histoire du coiffeur, mais je te gracie.

– Tu es trop bonne.

– Ouais, je sais, je suis pas mal comme fille, une vraie bombe même.

– Qui a fait exploser mon cœur.

Ouh là là, c'est le mien qui est en train d'exploser là.

– Je t'aime Marion. Avec deux centimètres en plus ou en moins. Je t'aime.

On dirait bien que je vais sauter dans le vide encore une fois. Fermez les yeux vous là-bas, et bouchez-vous les oreilles, je suis pudique.

– Je t'aime Dorian. Mais, s'il te plaît, garde tes deux centimètres. On vous dit que ça ne compte pas, mais en vrai, ça compte.

Il m'enlace, on rit, on s'embrasse. Puis, il ajoute :

– Avec toi, tout compte. Absolument tout.

...

...

...

Ben, ne restez pas là, vous voyez bien que nos corps ont besoin de se dire qu'ils s'aiment eux aussi. Il y en a pour un bout de temps. Je ne sais pas, moi, allez faire un Scrabble.

Oh non, mon téléphone ! Pff, jamais au bon moment.

– Oui, allô ?

Heureusement qu'il n'y a pas la visio, ça la fout mal de décrocher à moitié à poil en se faisant mordiller l'épaule.

– Bonjour, êtes-vous Marion Herman ?

– Heu... oui.

Non parce que je ne sais plus trop qui je suis, Dorian vient de dégrafer mon soutif.

– Alix Desmars, responsable produit chez Mondeléz. J'ai obtenu vos coordonnées par l'intermédiaire de Ted Baker que j'ai rencontré à la galerie où était exposé votre portrait haut en couleur. Je recherche actuellement un illustrateur pour lancer une campagne de publicité et dépoussiérer l'image de mon produit. Est-ce qu'il serait possible de nous rencontrer ? J'aimerais découvrir vos différents travaux et s'ils s'avèrent tout aussi originaux et décalés que votre lumineuse punkette, je serai ravie d'échanger avec vous sur les orientations pop que je souhaite donner à nos visuels.

Pincez-moi, je rêve !

Aïe !

– Eh bien, avec plaisir. Si vous pensez que je peux correspondre à vos attentes...

Comment est-on censé répondre à ce genre de sollicitation ? J'ai juste envie de sauter dans tout l'appart. Dorian voit ma tête et m'interroge du regard. J'étouffe le portable contre ma peau (vu que je n'ai plus de fringue sur moi) et lui résume en chuchotant ce que je viens d'entendre. Son visage s'éclaire comme celui d'un gosse. J'adore. Oups, la dame me parle à nouveau.

– ... dans nos bureaux de Clamart. Vendredi, dix heures, c'est possible ?

– Oui, oui, bien sûr.

– Parfait. Envoyez-moi votre adresse mail par SMS et je vous confirme les détails de notre rendez-vous.

– Entendu.

Dorian gesticule à côté de moi, essayant de me dire quelque chose.

– Le produit, murmure-t-il, c'est pour quel produit ?

J'acquiesce, un peu perdue, et pose la question. La réponse, les amis, va vous faire pousser des petits cris aigus. Enfin, même si vous n'en faites pas, ce n'est pas grave, je les fais pour moi, ça crie de partout à l'intérieur.

– La campagne concerne les chocolats Toblerone.

Bon, ben, je n'ai plus qu'à faire de mon mieux.

Tiens, c'est marrant, Super Marion du futur me fait un clin d'œil dans ma tête.

Et vous, depuis quand vous ne vous êtes pas fait une ola à vous-même ?

Épisode 28 – J'ai décidé d'être la réponse

Jusqu'ici, j'étais persuadée d'être tributaire des évènements, l'impression d'être une feuille qui voltige au gré du vent. J'ai toujours cru qu'il fallait qu'un élément extérieur : une personne ou une situation quelconque apparaissent dans ma vie pour que j'agisse en conséquence. Et puis, il y a eu ces derniers mois, ce rodéo, ces montagnes russes, ces attractions sur lesquelles je suis montée, de mon plein gré pour voir ce qui se passait de l'autre côté de la passivité. En sautant dans les flaques, en me frottant au monde, j'ai découvert qu'il n'attendait que moi. J'ai compris qu'en farfouillant au fond de mes petites entrailles, j'avais un pouvoir qui me rendait invincible. J'étais une super-héroïne. Celle de ma propre vie.

Ma force, je la décuple à chaque pas que je fais hors de mon cocon routinier. Par un sourire, un geste, une parole. Et ma formule magique pour voir les miracles apparaître sur mon chemin, c'est de le décider. Oh, bien sûr, j'aurais pu tout aussi bien décider de rester sous ma couette, décider que le monde était injuste et cruel, et bien entendu, le monde en question aurait tout fait pour me donner raison. Mais au fond, on est là pour quoi, en fait ? Si ce n'est pas pour tout déchirer dans cette vie, pour le peu de temps qui nous est alloué sur cette Terre, alors pour quoi d'autre ? Pour végéter ? Se plaindre ? Subir les évènements que l'univers met sur notre chemin quand il en a marre de nous voir restreindre notre potentiel au seul fait d'« être » au lieu d'exister ?

Je ne dis pas que c'est facile. Il y a même des moments où on a l'impression d'être entouré de kryptonite tellement le sort s'acharne. Mais, ils font quoi les super-héros quand le méchant vilain leur tend un piège et les fout plus bas que terre, ils abandonnent ? Ben, non ! Soit ils ont des potes qui arrivent à la rescousse, soit ils se souviennent soudain à base de flash-back émouvants à quel point la vie vaut le coup de se battre.

On est les super-héros de nos vies, bon sang ! D'accord, ça arrive qu'on se prenne les pieds dans notre cape, et alors ? Hulk arrache bien toutes ses fringues chaque fois qu'il se transforme ! Et Wonder Woman serait bien en galère pour tournoyer en secret dans les cabines téléphoniques maintenant qu'elles ont totalement déserté le paysage urbain. Je ne dis pas qu'on est infaillibles, je dis que si ce n'est pas nous, personne ne va faire swinguer notre passage furtif dans le monde des humains.

Vous ne savez pas quelle mission vous a été assignée ? Eh bien, choisissez-la ! Et pas une « petit bras » s'il vous plaît, voyez grand, voyez éblouissant, voyez génialissime. Parce que vous l'êtes ! Sinon, vous ne seriez pas là. Ah, vous êtes peut-être nul en natation synchronisée, ou en violoncelle, mais vous avez votre petit truc à vous, vous savez bien, votre talent, celui qui vous rend fier, qui épate les gens quand vous osez le montrer, celui que vous gardez caché par peur du ridicule, celui qui vous anime pourtant, qui vous fait rêver, qui s'éveille à chaque « si seulement j'avais le cran ». Vous êtes né pour l'exploiter. Vous êtes unique, il n'y en a pas deux comme vous ! Rien que pour ça, ça vaut le coup de se percher sur un tabouret pour crier au monde qu'on est un phénomène, une pièce rare, exceptionnel, puisqu'unique.

OK, vous êtes timides, vous avez le droit. Vous voulez garder ce talent pour vous ? C'est un choix. Après, l'univers étant un brin susceptible, il risque de l'avoir mauvaise de vous avoir fait un cadeau, un don, et que vous ne preniez même pas la peine de le déballer. Je serais lui, je serais vexé aussi. Ne vous étonnez pas s'il vous fait la gueule et vous balance quelques crasses de temps en temps. N'oubliez pas que c'est comme un gosse qui attend impatiemment qu'on découvre son dessin et ce qu'il représente. Il trépigne, l'univers. Il a le cœur sur la main, généreux comme tout, mais si on fait les enfants gâtés, il a bien envie de nous le faire payer pour le gâchis occasionné. Alors que si on prend soin de découvrir ce qu'il nous a offert, de s'amuser avec, de le remercier, tout ce qu'il attend, c'est de jouer avec nous et nous montrer comment ça marche !

Vous avez laissé traîner votre don et ne savez plus ce que vous en avez fait ? Je vous dirais bien de ne pas l'ébruiter de peur que l'univers furax ne vous entende, mais on se doute bien qu'il le sait déjà, il n'y a qu'à voir les casseroles qu'il vous fait trimballer rien que pour vous réveiller. OK, alors, pas de panique. Rien n'est perdu. La réponse ne va pas tomber du ciel, encore moins pousser comme un champignon hors de terre. La réponse, c'est vous. Cherchez bien. Retrouvez toutes ces fois où vous n'avez pas vu le temps passer, vous faisiez quoi ? Quand vous avez senti votre corps vibrer d'une énergie folle, c'était à quel moment ? Quand vos yeux ont brillé comme mille soleils, quand vous avez été fier de vous, quand les gens vous ont trouvé génial ? C'est arrivé, forcément !

Quoi ? Vous vous dites qu'être fort au blind test musical ce n'est pas un talent à exploiter ? Qu'est-ce que vous en savez ? Vous avez poussé le truc jusqu'au bout ? Vous avez étudié tout ce que vous pouviez faire avec ce mojo ? Vous pensez que c'est un hasard si la musique vous parle dès les premières notes ? Une chance ? Oui. Une particularité ? Vous chauffez. Un diamant brut à polir pour en faire ressortir l'éclat ? Voilà !

Faites une liste ! Parce que moi, si je ne m'étais arrêtée qu'au gobage de Flamby, je ne sais pas si je serais là où j'en suis, il ne faut pas hésiter à creuser un peu. N'ayez pas peur ! On ne parle pas de déterrer des cadavres là, on parle d'une mine d'or ! Ne jouez pas les humbles, on n'hésite pas à faire péter le costume de super-héros, collants fluo, cape rouge flashy, plastron bleu électrique, pas de fausse pudeur, voulez-vous. Regardez ! Vous êtes déjà à dix choses listées qui vous font sourire, vibrer, pétiller. Et l'univers s'en réjouit d'avance. Il est toujours content quand on se lance dans une chasse au trésor.

Il m'a suffi d'un rêve. Et je me suis souvenu du cadeau de mes neuf ans et du don de ma naissance. J'ai ressorti mon attirail, retrouvé les sensations qui me donnaient l'impression d'avoir une contribution à apporter au monde, même infime. J'étais réconciliée avec lui, je n'étais plus en marge, plus incomprise. C'était juste moi qui n'avais pas compris. Tout était là, depuis toujours. J'étais la réponse. Et depuis, l'univers joue avec moi et me déroule le tapis rouge du festival de grâce (quoi ? ce n'est pas loin de Cannes ;)). Parfois il teste ma motivation, histoire de me faire payer toutes ces années d'obstination dans la mauvaise direction. Je m'accroche toujours pendant les turbulences en me disant que c'est de bonne guerre. Je sais qu'il fait ça pour mon bien, si d'aventure je replongeais dans mes travers. Oui, parce qu'une fois qu'on réalise son rêve, son objectif numéro un, on se demande ce qu'on va bien pouvoir faire de plus grand à présent. Là-dessus, ne vous inquiétez pas, il a toujours un plan.

Vous avez vu ces publicités en 4 par 3 avec ce dinosaure rigolo, barbouillé de chocolat qui a des triangles de Toblerone à la place des crêtes dorsales ? C'est de moi ! La représentation d'Audrey Hepburn en Holly Golightly avec un collier orné des célèbres pyramides chocolatées, c'est moi aussi ! La punkette aux faux airs de Lorène avec la chevelure faite des nouvelles saveurs colorées de ma marque de grignotage adorée, c'est encore moi ! Elle a cartonné cette campagne de pub ! J'avais pourtant pas mal foiré mon entrevue avec Mondeléz. Au moment de me présenter à l'interphone devant la grande bâtisse, impossible de me rappeler le nom de la personne avec qui j'avais rendez-vous. Trop stressée. Ça la fout mal, avouez. Je suis arrivée avec mon SketchBook sous le bras et là, la déesse de la contorsion m'a lâchée quand il a fallu dégainer ma pièce d'identité à l'accueil, j'ai tout fait tomber. J'avais les jambes flageolantes et les mains moites. Le gros Gégé avait, pour l'occasion, enfilé une cravate pour être présentable et jouer les supporters façon « je t'enfonce la tête dans l'eau ». Heureusement, j'ai repensé à Super Marion et à l'autoroute de gloire et d'épanouissement qui m'attendait, alors j'ai relevé la tête et me suis accrochée à mon nuage d'espoir. Du coup, quand j'ai renversé mon café sur mon carnet, que mes dessins ont été trempés, que la dame face à moi s'est sûrement demandé si je n'étais finalement pas plus douée pour dessiner avec mes orteils car, visiblement, mes mains n'étaient pas très fiables, je n'ai pas paniqué. J'ai sauté sur mon nuage, pris de la hauteur et compris que ce qui se passait ne remettait pas en cause mon talent. Que j'avais le droit d'être stressée, puisque ce rendez-vous était important pour moi. Que c'était parce que je tenais à cette opportunité pour laquelle je voulais m'investir que mon corps allait plus vite que ma tête. C'était humain. Alors, j'ai souri en épongeant la catastrophe toute relative (merci Einstein) et ai commenté que mes dessins avaient tellement envie de faire partie de l'aventure Toblerone qu'ils avaient pris la couleur chocolat. C'était un signe. Et vous savez quoi ? La dame a souri. Et la suite, vous la connaissez.

Quant à la jolie histoire de l'astronaute ambassadeur de l'humanité paru aux éditions Lune et Plume, j'ai consulté Arthur pour chaque illustration. Il m'a aidée à travers ses yeux d'enfant à capter les détails essentiels pour rendre ce livre plus beau, plus poétique, plus émouvant. Ça nous a rapprochés. On était super fiers de présenter notre œuvre à mes voisins lors de notre banquet estival annuel désormais instauré (et où il a une place d'honneur).

Bien entendu, ma sœur se sert de ma petite célébrité pour compter plus d'abonnés à sa chaîne YouTube. Du coup, j'illustre chacune de ses vidéos avec un dessin humoristique pour rendre l'effort à venir plus supportable et faire contracter les abdos de ses déjà deux mille abonnés. Éric râle toujours chaque fois qu'elle enfile son justaucorps rose qui moule formidablement sa poitrine à l'écran et lui fait gagner des abonnés supplémentaires à tous les coups. Il a eu droit à son dessin spécial de mec jaloux et cette fois-là, on a eu plein de commentaires hilares sous la vidéo. Maintenant, on travaille toutes les deux sur un livre de coaching. Elle donne des conseils et moi j'illustre façon nana paresseuse qui trouve toutes les idées possibles pour ne pas se mettre au sport. Ça apporte un côté décomplexé et une bonne dose d'humour. Les gens vont sculpter leur corps en se bidonnant. C'est un bon compromis, non ? Bien sûr, on se prend bien souvent la tête, Sandra et moi. Bosser avec sa sœur, ce n'est pas une mince affaire. On se retrouve comme à l'époque des coups de pied sous la table au dîner quand on était petites. Vous pensez bien que ma mère adooooore lorsqu'on fait nos sessions de travail dans la maison familiale. Elle retrouve ses chipies, ça lui fait remonter le temps (et nous, on a toujours droit à un goûter, miam).

Et vous savez quoi ? Je me suis offert ma robe Ted Baker avec mon premier chèque Toblerone ! (ironique, n'est-ce pas ?). Je me suis rendu compte que si j'avais autant envie de grignoter, c'était pour combler un vide, un manque, une case en moins dans mon for intérieur. Maintenant que je fais ce qu'il me plaît, que j'ai trouvé ma voie, je n'ai plus cette envie. Ben oui, je suis comblée ! Alors Petit Panda prend des airs de pin-up, vous pensez ! Et puis, il faut l'avouer, à force de jouer les Sandrette de remplacement de temps en temps pour ma frangine, ça a porté ses fruits (mais ne lui dites pas, elle va trop se la péter sinon).

Ah ! Et je ne vous ai pas dit ! Hortense a quitté Jean-Pierre ! Ma tante accro à BFM TV a participé, un jour de marché, à un micro-trottoir fait par un journaliste de la presse locale et elle est tombée raide dingue de lui ! Tous les jours, il lui raconte les faits divers sordides qui se sont passés dans la région et elle en raffole ! Du coup, Tonton Toutmou a fait des séjours prolongés chez mes parents au moment de la séparation, histoire de s'en remettre. Vous pensez bien que j'ai flippé en apprenant ça. J'ai eu peur que cet évènement sonne la fin de leur couple. Alors, écoutez, jusqu'ici, ça va. Je ne sais pas trop comment s'articule cette relation étrange qu'ils ont tous les trois et au fond, je ne veux pas savoir. Tout ce que je sais, c'est que ma mère rayonne, que mon père semble heureux et que Jean-Pierre est devenu plus loquace qu'un animateur télé. Alors, après tout, ils font ce qu'ils veulent, ils sont grands, et pour les détails, pour ma part, je préfère rester dans l'ignorance enfantine.

Ah et puis il y a autre chose aussi ! Vous vous souvenez des copines de théâtre de Lorène qui lui avaient offert la perruque de punk multicolore ? Eh bien, ces mêmes copines super marrantes ont réussi à traîner le père de Dorian sur les planches ! Pour le sortir de son antre qui commençait à devenir un peu trop un mausolée, elles l'ont convaincu de venir les voir au théâtre, comme à l'époque où il assistait aux répétitions de sa femme et qu'ils formaient une bande de joyeux doux dingues. Après maintes sollicitations pour qu'il leur donne la réplique, s'investisse dans les décors, les conseille depuis son statut de spectateur, il a fait partie intégrante de la troupe. Et ça n'a pas loupé, le jour où un des comédiens amateurs s'est désisté pour cause de grippe (coïncidence, vous pensez ?), c'est Pascal Granger qui a endossé le rôle et s'est découvert un réel goût pour jouer les Sganarelle et autres Tartuffe. On est allés l'applaudir plusieurs fois avec Dorian depuis, c'est magique de le voir s'épanouir sur scène, dans la lumière.

Et devinez qui déguste de la pastèque en bord de mer sur la Côte basque ? C'est bibi ! Non parce que ce n'est pas le tout de réaliser ses rêves, mais quand on peut aider ceux qu'on aime à réaliser les leurs, c'est l'apogée de la vie qui déchire de ouf !

Dorian est en train de se faire un nom dans le petit monde fermé du surf français. Tout a commencé quand il a eu l'idée d'organiser une compétition amicale entre ses potes surfeurs d'Australie et les *frenchies* d'Hendaye. Il s'est démené, a fait appel à la Région pour financer le déplacement des copains de l'hémisphère Sud jusqu'ici, le tout contre un bon coup de pub à l'international relayé sur les réseaux sociaux par la communauté des surfeurs du monde entier. J'ai réussi à convaincre Mondeléz de sponsoriser l'évènement. On a joué les hôtesses avec Fanny et Daphnée en distribuant gâteaux et chocolats pour le ravitaillement des sportifs. On a fait des soirées sur la plage avec guitare, bières et éclats de rire universels. C'était génial. Ensuite, les choses sérieuses ont commencé. Dorian a partagé son projet de designer de planches de surf sur une plate-forme de *crowdfunding*. En échange des dons, il offrait des cours de surf, une rencontre avec un surfeur de renom, ou encore une planche réalisée de ses mains pour la plus grosse contribution. Sandra en a même parlé sur sa chaîne et, pour l'occasion, Dorian a joué les Sandro torse nu pour une de ses vidéos. Ça a fait un buzz de malade grâce à ses abdos. Je ne vous raconte pas ma tronche devant les commentaires des filles en rut. Éric s'est foutu de ma gueule, vous pensez.

Grâce à tout ça, à ses efforts, à ses rencontres, à sa détermination et, surtout, à sa passion dévorante, il a réussi à amasser assez d'argent pour s'installer sur la Côte basque et commencer son activité dans une menuiserie coopérative. Il s'est créé un site internet du tonnerre où il présente ses œuvres (oui, ce sont des œuvres, je suis sa plus grande fan et j'assume) et son talent remporte du succès puisqu'il vient d'honorer ses premières commandes. On est heureux comme des dingues.

Quant à moi, je peux dessiner n'importe où, donc quand je ne suis pas à Paris pour mes rendez-vous, je le retrouve ici et on se dessine ensemble un avenir radieux.

Alors, me direz-vous, que me reste-t-il à accomplir puisque j'ai une vie qui déchire ?

Eh bien, j'ai un autre rêve, les amis. J'ai envie que mon histoire inspire tout un tas de gens.

Mon rêve, c'est que vous réalisiez le vôtre à présent. Alors, je ne vous lâche pas. Vous allez m'embarquer avec vous dans votre aventure. Je veux tout savoir ! Vos coups de mou comme vos petites victoires. Je serai là, à vous secouer les puces quand vous tenterez de vous excuser, à danser avec vous sur du Queen quand vous réussirez. Allez-y, faites le grand saut, envoyez-vous en l'air, sautez dans les flaques. Je vous regarde et vous applaudirai lorsque personne ne le fera. Je serai votre petite voix.

Ça y est, vous êtes enfin décidé à déballer votre cadeau ? Alors, *GO* !

Épisode bonus – J'ai décidé de vous faire dévaler les pistes

Ben oui, j'ai aussi décidé que je ne pouvais pas vous laisser comme ça, parce que je vous connais hein, vous alliez refermer ce livre en disant : « Oui, c'est génial pour Marion, mais enfin bon, ça reste une fiction, ça n'arrive que dans les romans. » Eh bien, allez-y, prouvez-moi le contraire ! On parie que la réalité peut tout déchirer et bien plus encore ?

Et puisque j'étais comme vous, à finir un bouquin en me disant que chouette, maintenant j'allais... regarder la télé, je vous emmène en haut des pistes pour vous donner le grand frisson. Alors, c'est parti ! À vous de choisir, tout schuss ou en chasse-neige prudent, mais vous allez chausser vos skis de la réussite et me montrer comment vous slalomez comme des pros face aux embûches !

Piste verte :

On commence doucement. Vous allez voir, c'est fastoche et super agréable.

La prochaine fois que vous vous baladerez à pied, obligez-vous à trouver trois belles choses que l'univers a posées là, sur votre chemin. Ça paraît tout bête, mais c'est magique. Quand vous donnez l'ordre à votre cerveau de voir le beau, eh bien, il cherche le beau et le trouve ! C'est là que vous découvrez cette petite fleur qui a poussé là, vaillamment, au milieu du bitume, ou encore cette plume qui virevolte dans le vent, ou bien la première étoile qui se met à scintiller dans la nuit. Ça marche aussi pour les trois premières personnes qui sourient dans votre journée, et puis ça peut être cinq au lieu de trois. Amusez-vous à manipuler votre cerveau trop routinier. Faites-lui porter des lunettes roses, il se fera un plaisir de vous faire voir la vie autrement.

Piste bleue :

Allez, je vois que vous êtes à l'aise, alors on augmente l'effort d'un cran. Cette fois, votre mission, si vous l'acceptez, c'est de prendre cinq minutes, le soir, juste avant de vous endormir et d'envisager votre vie comme vous aimeriez qu'elle soit. Il suffit simplement d'un peu d'imagination. Alors, dites-moi, vous êtes où ? Avec qui ? Vous faites quoi ?

Surtout, ne vous prenez pas la tête à savoir comment vous avez fait pour en arriver là, juste savourez ce moment de pur épanouissement. Ressentez-le dans votre corps, dans votre sourire. La sensation d'accomplissement, la joie de vivre, le bonheur ultime. Ça se définit comment pour vous ? N'ayez pas de limites, même si ça vous paraît trop grand, inatteignable à l'heure actuelle. Ça ne coûte rien de plus que cinq minutes de pur plaisir. C'est chouette de s'imaginer tout déchirer, n'est-ce pas ?

Piste rouge :

OK, alors on corse un peu l'affaire. Comme je vous l'ai dit, la réponse est en vous. Sauf qu'avec tout ce qui se trame dans notre tête, ce n'est pas simple de faire place nette pour la trouver. Je sais de quoi je parle, vous avez vu tout ce qui cohabite dans mon esprit ? Ça va du chien-chien à la taupe en passant par le tragédien, le scientifique et même le dictateur au régime. Alors pour faire taire tout ce petit monde, il faut un minimum de concentration. Le but, c'est de faire le silence à l'intérieur de soi pour que la réponse puisse s'exprimer, parce qu'elle est timide, elle ne parle pas très fort, donc si on laisse trop de raffut, c'est foutu.

Comment s'y prend-on ? Je ne vous le cache pas, j'ai essayé la méditation. C'était à l'époque du yoga, ça allait quasiment de pair, du coup, j'ai tenté. Sauf que, fiasco total. Rester calme, faire le vide dans son esprit, ça a l'air facile quand on le dit comme ça, mais à appliquer, c'est carrément un tour de force. Moi, quand j'arrive à arrêter de penser à ce que je suis en train de penser, ben hop, une autre pensée se pointe, suivie d'une autre, elles se relaient et à aucun moment je n'arrive à leur dire : « Allez, du balai, bloquez les issues, il ne doit plus rester que moi avec moi-même ici ! » Non, vraiment, j'admire les personnes qui y parviennent avec de l'encens, une bougie, ou même le simple fait de se tenir tranquille pendant quelques minutes. Et puis, un jour, j'ai réussi ! La réponse à ma question s'est pointée ! Comme une fleur (ou plutôt un nénuphar) ! Et c'est comme ça que j'ai compris qu'il suffisait de trouver SON endroit, SON moment, SA position pour laisser émerger la lumière ! Pour moi, ça fonctionne uniquement quand je suis sous la douche. C'est comme ça ! Je peux jouer au yogi tant que je veux, rien ne marchera mieux que si je fais ruisseler de l'eau chaude sur mon corps en savourant ce petit instant rien qu'à moi. Le tout, c'est de s'écouter, d'être en phase. Alors, écoutez-vous ! Votre moment, ça peut être quand vous faites la cuisine, lorsque vous écoutez une musique particulière, ou même quand vous êtes sur les toilettes, si, si ! Peu importe. Personne ne sait mieux que nous ce qui est bon pour nous. On n'est pas obligés de calquer des méthodes si elles ne nous correspondent pas. Laissez-vous l'occasion de découvrir votre moment propice rien qu'à vous, ça deviendra votre refuge de bien-être dès que vous en aurez besoin (et tant pis pour la facture d'eau pour ma part hein...). Ça y est ? Vous avez trouvé ? Parfait. Maintenant que vous entendez la réponse, il ne reste plus qu'à l'écouter.

<u>Piste noire</u> :

Là, mes chers disciples de la déchiritude, nous atteignons le Saint-Graal. Si vous dévalez cette piste jusqu'à l'arrivée, soyez certains que le rêve vous tend les bras pour vous accueillir sous les applaudissements.

Bien sûr, on n'a rien sans rien, donc il va falloir mouiller la combinaison de ski, mais vous allez y arriver, puisque les pistes d'avant vous ont entraîné et mené jusqu'ici. Ce que je vous propose, c'est de vous aimer, inconditionnellement. Dans vos travers comme dans vos qualités, avec votre passé ébréché, votre présent parfois insatisfaisant, avec vos vilaines manies, vos rancœurs, vos regrets, vos angoisses, vos phobies. Mais aussi vos bons souvenirs, vos expériences enrichissantes, vos succès, vos fiertés, vos valeurs, vos espoirs, votre force. Il faudrait que vous rassembliez tout ça, tout ce qui fait vous dans une grande hotte, comme celle du père Noël. Ne me regardez pas comme ça, vous voulez déchirer oui ou non ?

Et donc ça y est, vous l'avez remplie, elle est pleine à craquer et elle représente votre identité, ce qui vous rend unique, aussi bien attachant qu'agaçant, tout dépend des gens. Alors, déjà, vous allez vous approcher de cette hotte, ce sac immense en toile de jute, et lui faire un câlin. Ouvrez les bras bien grand, entourez-la le plus possible, collez votre joue, tout votre être contre elle (oui, je sais ça gratte un peu, mais c'est normal, ça fait partie de l'exercice, inconditionnellement on a dit). Fermez les yeux et répétez-vous ou répétez-lui à quel point vous l'aimez pour tout ce qu'elle est. Oui, ce fourre-tout difforme, ce boxon complet, cet amalgame du meilleur comme du pire, a besoin de savoir que vous l'appréciez tel qu'il est, car tout ce qu'il contient, c'est votre vie, ce que vous avez traversé et ce qui va vous mener encore plus loin. Faites-lui des bisous si le cœur vous en dit, allez-y, ne soyez pas timide. Une fois que vous l'avez embrassée d'un amour total et sincère, il est temps de la hisser sur le traîneau de ce cher papa (paix, amour, pardon, acceptation) et la laisser s'envoler vers l'univers.

Ça vous semble complètement barré ? Peut-être. Mais honnêtement, qu'est-ce que vous avez à perdre ? Personne ne vous verra faire, personne pour se moquer, sauf vous-même. Toute cette démarche tend justement à vous prouver que désormais, vous êtes votre meilleur ami, pour la vie. Fini de se dévaloriser, de s'en vouloir, de se culpabiliser. Vous feriez ça à votre pote préféré ? Non. Vous êtes là pour le soutenir, pour lui remonter le moral, vous réjouir avec lui, lui secouer les puces quand il déconne, mais jamais vous ne le mettez plus bas que terre lorsque vous pensez qu'il a fait une erreur. Et des erreurs, je vous préviens, vous n'avez pas fini d'en faire. Encore heureux d'ailleurs ! C'est comme ça que vous saurez que vous êtes sur le chemin ! Et avec bienveillance, vous rectifierez le tir, vous apprendrez, vous vous améliorerez et vous féliciterez, toujours.

Regardez, vous y êtes ! Vous avez fait tomber les dernières barrières derrière lesquelles vous restiez planqué pour être à l'abri de l'échec. Vous avez compris que vous vous barricadiez surtout d'une vie qui déchire ! Et vous avez décidé de vous lancer du haut de la piste la plus dure. Vous pouvez être fier de vous !

Et vous savez quoi ? Moi aussi je me félicite, j'ai bien bossé, je mérite un petit vin chaud en terrasse ! Ne vous en faites pas, je ne suis pas très loin, je vous admire souffler sur votre talent pour enlever la poussière et le placer bien en vue au niveau du cœur. Et regardez tous ces gens que vous inspirez déjà à en faire autant !

Alors c'est décidé, vous venez, on le crée ce monde qui déchire ? En piste !

Responsable éditoriale : Ambre Rouvière
Assistante éditoriale : Mathilde Sauzon
Correction : Nord Compo Multimédia
Composition : Nord Compo Multimédia
Conception graphique de la couverture : Nord Compo Multimédia
Illustration de couverture : © Shutterstock (Tartila/Ruslana_Vasiukova)
Illustrations de chapitres : © Shutterstock (MAKSIM ANKUDA/ Dstarky/ AVIcon/ Mellamory/ YuliiaOsadcha/ Set Line Vector Icon/ Khoirul Ihwan/ bsd/ Great Vector Elements/ Mariia Lov/ Puckung/ Fatproject/ Sir.Vector/ Nadiinko/ LivDeco/ Iconic Bestiary/ Drk_Smith/ Anna Szonn/ Nickfz/ Davooda/ Imagination lol/ VooDooDot)

Dépôt légal : septembre 2021 – n° d'impression 98588
Achevé d'imprimer en France par : Imprimerie Floch